U0942231

旁門左道系列 1
奇靈怪異

左道士

上

新宿車里——著

馮展鵬——設定・繪畫

目錄

推薦序

喬靖夫

鬼怪傳說與民俗文化，往往都交纏著難以分開。

現代人一討論到鬼故，很多時候只停留在「信與不信」的層面，但深入一層理解就會看到，它們內裡其實累積和記錄著前人對於生死、善惡等等大事的看法與價值觀念。

這些價值觀是永恆的。

而永恆的東西，總是最好的故事材料。

第一次讀到新宿車里的《奇靈．怪異．左道士》，一開場就以香港「猛鬼之地」傳說為引，鋪陳出它的玄幻探案世界，連帶更對香港舊事舊物作了仔細的描寫。

但這部小說並非只是停留在獵奇、驚嚇或掌故的層面，而是透過鬼故事對人性和人文情懷有所探討；主角的設定與幻想冒險的元素，則滿溢著青春與玩世不恭，這種「新與舊」的結合和重新演繹，構成了一部清新可喜的爽快作品。

香港流行小說界有此生力軍，實在讓人充滿期待！

第一章
耳邊迴響的瀑布聲・一

他永遠記得那個夏天。

男孩赤裸的上半身躺在石頭上，下半身仍浸在瀑布潭裡，洶湧而下的瀑布激起一波又一波的水流，男孩慘白的雙腿便跟著水波晃動，像是被水賦予了一絲生機。

而年幼的他就站在岸上，視線被圍觀的大人擋住了大半，看不見男孩的臉。他抱緊了懷裡的鐵盒，眼睛空洞地凝視著水中那雙會動的腳。

耳邊只聽得到瀑布聲，嘩潺嘩潺……嘩潺嘩潺……

那是他第一次看到屍體。

曹公潭一直流傳著水鬼抓替身的鬼故事，最近更是在半年內發生了兩宗溺水命案，引來不少靈探愛好者來到一探究竟。

毛名，一名 19 歲的無業青年，在一個酷熱的晚上來到曹公潭靈探。

只見他在大熱天時依舊穿著黑色長袖衣服和長褲，背著一個黑色長形的袋子，披散著一頭黑色長髮。他全身上下唯一並非黑色的，就蒼白的臉孔，和眉心上的紅色印記，整個人看起來有幾分像千與千尋裡的無臉男。

毛名沿著照潭徑走到一半時，已能隱約聽到流水聲，漸漸地，在流水聲之中，開始夾帶著嘩啦嘩啦的瀑布聲響。

待他來到照潭徑的盡頭，亦即是通往瀑布的入口時，那嘩嘩急湧的水聲已清晰迴盪著。不遠處的屋苑閃爍著萬家燈火，為眼前的樹林提高了一點點能見度，但即便如此，也只不過是為昏暗的叢林增加了模糊的輪廓。

即使沒有什麼水鬼抓替身的鬼故事，黑暗中的樹影婆娑已足夠恐怖。但靈探經驗豐富的毛名並不害怕，比起水鬼或陰森的樹林，現在有別的事情更困擾他。他打開電筒，照亮了眼前景象，只見日久失修的山道陡峭狹小，地上佈滿了枯枝、碎石和落葉，這使原本就不好走的小路變得更加寸步難行。

毛名頓時變得愁眉苦臉。於他而言，走山路比任何鬼怪更可怕。

他嘆了口氣，拉開背後的長袋子，只見裡面有六七把雨傘，顏色各異。他挑選出一把湛藍色的，把雨傘當成行山枴杖，開始踏上山道。

才走了約莫十分鐘斜坡，毛名已汗如雨下，氣喘吁吁，雙腳發抖，只能靠雨傘支撐著虛弱的身體。

他大口喘息，又勉強走了幾步，最終還是雙腳一軟攤坐在地上，電筒也隨即滾落。

感覺到雙腿已經痠痛不已，毛名認真地在回家睡覺和繼續調查這兩個選項之間，進行了一番思想鬥爭，最後想出一個折衷的方法。

他舉起雨傘，按了一下手柄上的按鈕，金屬骨架隨即撐開。

「……出來，食氣鬼……」毛名有氣無力地喊道。

話音剛落，一隻鬼便在雨傘底下現身了。

此鬼的鼻孔極大，卻沒有鼻樑，兩個黑漆漆的洞幾乎佔據了半張臉。

「老闆，你也太弱了吧？你才十九歲身體就差成這樣，等老了怎麼辦？都跟你說平時要多運動，去跑步游泳跳繩之類的，鍛鍊一下身子。」食死鬼搖著頭說，一副長輩自居的模樣說著教。

「煩……死……小心扣你……薪水。」

「嘖，無良老闆。」食氣鬼小聲咕噥。

毛名懶理牠的指控，邊喘氣邊說：「我走不動……你去……吸口氣，聞聞看……到底有沒有水鬼……如果沒有的話，我就……不用走上去了。」

食氣鬼是一種靠吸食氣味果腹的鬼，因此對各種氣味特別敏感，能辨別出混雜在芸芸眾生之中的各種鬼魂氣味。

食氣鬼邊搓手，邊笑著問：「那請問報酬是？」

「三……三根香。」

「三根太無良了！最少六根吧？」

「再吵就……兩根。」

「……每次都那麼小氣。」

「哼，你明知我小氣還每次都討價還價？」

「……」

和靈異愛好者會用的尋龍尺，或磁場探測機之類的工具不同，毛名用來靈探的工具正正就是鬼魂。

簡單來說就是養鬼仔。

他會收留一些遊魂野鬼，長袋子裡的雨傘就是員工宿舍，每一把都住著一隻鬼，毛名提供住宿和伙食給牠們，換來牠們為自己工作。

這種事在名門正派道士眼中，完全是旁門左道，而像毛名這類專門修練「邪門」法術的人，就會被他們稱為「左道士」。

一般人對左道士的看法都是負面的，不過毛名卻對此不以為然，刀刃可傷人亦可以做菜，用途完全取決於握刀的人。刀雖然危險，本身卻並無立場之分，重點是使用的人能否駕馭得了。

毛名掏出三根香，用打火機點燃。

儘管嫌棄老闆給得太少，但食氣鬼一見到裊裊昇起的煙，還是急不及待地湊過去吸氣。

「真香！」

「吸夠就快點工作。」

「等等嘛，還未吸夠。」

食氣鬼就像道友一般猛吸著香，表情陶醉，過了好一會兒才心滿意足地拍拍肚子。

「開工！」

只見食氣鬼飄到半空中，鼻翼猛地擴大，用力吸了一大口氣，胸腔一下子鼓脹起來。

幾秒過後，食氣鬼回到地面對毛名說：「報告老闆，有水鬼。」

「……然後呢？」

「沒有啦。」

「就這樣？！沒有多一點資訊嗎？」

「不然呢？我的能力只能夠分辨出鬼的氣味，不包括其他。」

「花了我三根香，好歹也告訴我確實位置吧？」

「別太強人所難呀老闆——雖然我已經不是人——這樣說好了，假設你現在聞到雞扒香味，你也分辨不出雞扒的位置吧？」

毛名乾瞪著眼，啞口無言，想不出說話反駁，最後還是認命地爬起來。

到頭來還是要他自己走上山，白白浪費了他三根香。

毛名一路走走停停的，平均五分鐘路程就要休息十分鐘，好不容易才終於來到山道盡頭。

黑燈瞎火之中，瀑布聲轟鳴作響。

現在正值雨季，即使只靠微弱的電筒燈光，還是能隱約看見瀑布飛流直下，流水滔滔的景象。

毛名早已累得腰酸腿軟，汗流滿臉。他步履沉沉地坐在岸邊的一塊石頭上，用電筒隨便照了一圈，看不見半個鬼影。

毛名天生體質特殊，他有陰陽眼，卻是低靈人士，換句話說他只能看見鬼魂，卻完全感應不到。

既然是水鬼，那肯定是在潭水之中，問題是不知道位置。

想到今年內已經有兩宗曹公潭溺水而亡的「意外」，毛名思前想後，決定自己做誘餌來「釣」水鬼。

他脫下衣物，露出底下穿著的泳褲。打開長袋子後猶豫片刻，最終還是挑出一把蕾絲碎花雨傘，喊：「出來，長鬼！」

隨即，一抹高大的黑影巍然屹立於眼前，如同高聳入雲的巨柱。

長鬼顧名思義，就是身形修長高大，根據古籍《搜神後記》、《幽明錄》等記載，長鬼最矮也有三丈，高的可達十丈，而毛名這一隻長鬼則有四丈高，亦即是約十三米。

一把沙啞低沉的聲音從遙遠的高處響起：「老闆，你終於記起人家啦，討厭！」

毛名渾身起了一陣雞皮疙瘩，而原因肯定不是因為自己脫光了衣服。

如此巨大的身形和粗獷的嗓音，說起話來卻是妙齡少女般嬌滴滴的，不管聽了多少次毛名還是覺得十分違和。

「老闆，人家好久沒出來啦！」

「誰叫你每次的出場費都那麼貴……」毛名咕噥了一句。

「嗯？老闆你說什麼唷？人家太高聽不到啦！」

「咳！我是說這次的工作！你牽著我走入潭裡！要是有水鬼出現把我拖下水！就靠你把我拉出來！」毛名每一句都用大吼的方式說道。

「好唷！那人家的報酬要 ysl 的新唇膏喔，要色號——」

「停！」毛名舉手制止。「你知道我聽不懂紅色以外的唇膏顏色！你講了我也記不住！所以回去後再說！現在先工作！」

「好吧……」說完，一條粗如樹幹般的枯手從天而降，用食指和姆指夾住了毛名高高舉起的手臂。

「痛痛痛！輕點！」毛名慘叫著。

「討厭！人家力度已經很輕了耶！是老闆你太脆弱啦！」

「我說再輕點！不然我就買像中毒一般的黑色口紅給你！」

「哼！老闆欺負人啦！」

好不容易調整好長鬼的力度，毛名一手拿著電筒，一手牽著長鬼，摸索著爬過潭邊的石塊，走進黑不見底的潭中。

毛名身高 193 公分，而潭的水位連他胸口都不到，是連小孩也可以游泳的深度。冰冷的潭水拍打著他的肌膚，加上晚風吹來的陣陣涼意，讓毛名不禁打了個噴嚏。

他能感覺到湖底有不少碎石，而且石塊大小不一，活像走在石春路上，這讓他步履維艱，只能靠長鬼牽著他的手來勉強保持平衡。

潭雖不大，但由於水阻加上摸黑前進，毛名走得十分緩慢。走著走，就在快來到瀑布前方時，毛名看到一塊突出水面的大石塊，大小剛好能容納一個人站立，便想走過去放下電筒休息片刻。

突然，毛名腳下一空，整個人失去平衡摔入水中，潭水瞬間淹過頭頂，被黑暗吞噬。

第二章

耳邊迴響的瀑布聲 • 二

看著看著，毛名開始昏昏欲睡。

一隻黑貓從衣櫃裡鑽出來，對著他喵了幾聲。

毛名並沒有反應。

黑貓尾巴開始不耐煩地搖擺著，接著牠跳上床頭板，對著毛名的胸膛一躍而下。

慘叫聲瞬間響徹整個房間。

毛名頓時睡意全消，罵罵咧咧地揉著隱隱作痛的胸口爬起來。

「你就不能用殺人以外的方式叫我嗎？」

黑貓回了幾聲「喵」。

「你不是叫我起身，而是送我往生！」

黑貓不再理會他，慢悠悠地鑽回衣櫃裡。

毛名罵歸罵，但還是黑著臉跟過去。他撥開垂掛著的衣服，只見衣櫃內裡竟別有洞天！

他來到一間老式士多，天花板掛滿夾著零食的曬衣夾，貨架上擺了一排洋酒，而收銀台後面是煙架和雜誌架。

剛才的黑貓已懶洋洋地躺在收銀櫃檯上，打著呵欠。

毛名惡狠狠地瞪著牠，對於自己被牠高空突襲一事仍耿耿於懷。

黑貓察覺到毛名的怒氣，便揮動著尾巴，拍打了收銀台上的收音機一下。

收音機立即傳來新聞報導聲。

「……荃灣曹公潭半年間兩度發生遇溺事件。今日下午4時，一名外傭於上址跌進瀑布潭內。警方及消防趕至救援，由救護車送往仁濟醫院搶救，下午6時證實不治……」

接著黑貓的尾巴指向雜誌架。

毛名順著尾巴的方向望去，只見架上放著一堆薄裝漫畫，像是《財叔》、《地球先鋒號》之類的，一看字體和封面便知道年代久遠。

毛名是個漫畫迷，自然對此很感興趣，正當他伸手拿了一本《財叔》打算翻閱時，便聽到士多門外響起一把蒼老的聲音。

「咦？中華辦館什麼時候改名做解靈？易手了嗎？」

一個老人走進士多，問：「奇怪，昨天晨運時明明還是中華辦館來的。阿陳呢？事頭婆呢？年輕人，你是他們請來的新伙記？」

毛名還來不及回答，老人便驚喜地指著他手上的漫畫喊道：「哎呀！是財叔呀！好久沒看到這本漫畫了！年輕人你哪裡找到的？這是我小時候看過的，沒想到現在居然還有。」

毛名總算明白士多為什麼會出現這麼舊的漫畫。

「這本漫畫送你，店裡任何東西你想要的都能拿，全部免費。」毛名說。

「哈？」老人愣了一下，反應過來後立即眉開眼笑。

「是不是要結束營業所以要清貨？真可惜呢，都開了這麼多年。」老人說著便毫不容氣地接過漫畫，表情卻完全沒有半點惋惜。

「但你要告訴我，你最近撞鬼的事。」

老人的笑臉僵住了。

「我沒撞鬼呀？」

「你沒撞鬼的話就不會走得進這間士多，甚至連看也看不見的。你想要什麼都免費，但要先跟我說你最近撞什麼邪。」

「撞邪？我沒有……」

毛名察覺到老人的遲疑。

「你其實是有的吧？」

老人皺起眉，不滿少年的咄咄逼人，於是反問道：「就算有，我為什麼要告訴你？這本漫畫我不要了。」

說著，他便把漫畫放下，轉身打算離開。

本來趴在櫃檯上睡覺的黑貓不知何時出現在士多門口，喵喵地叫著，像是在攔阻住老人。

毛名想起剛剛黑貓給的提示，便沖著老人的背影喊道：「曹公潭！」

老人的腳步停了下來。

毛名見有效，立即乘勝追擊說道：「是跟曹公潭有關對吧？如果我說，我也許能幫你解決呢？」

「真的？」老人半信半疑。

毛名聳聳肩，說：「你不說出來我哪知道能不能解決？反正我不收你錢，也不用你簽什麼奇怪的文件，不會要你個人資料，你就當是說鬼故事給陌生人聽吧。而且無論你說什麼，我都相信。」

最後一句似乎打動了老人，他嘆了一口氣，說：「我的兒子兒媳和孫子都不信我，覺得我是老人痴呆。但我很正常呀！我連左鄰右里的孫子名字都記得，還能做家務，哪一點像老人痴呆！真是的，年輕人的記憶力還不一定有我一半好呢！我連每次買什麼馬都記得！還有——」

「停！等一下！所以你現在是肯跟我說鬼故事了嗎？」

「唉，是這樣的，大概半年前開始吧，我不知為什麼偶爾會走到曹公潭瀑布而前，大概每個月總會去兩三次。每次當我有意識的時候，人已經站裡瀑布前面了。而至於自己是怎樣走過去的，又為什麼走過去，我就完全沒印象。」

毛名思索了片刻。

「那你對於為什麼總是去曹公潭這件事，有沒有什麼頭緒？」

「這……」

「你其實是有頭緒的吧？」

老人嘆了一口氣。

「如果非要說頭緒的話，那就只有一個，是關於我小學時最好的朋友……我小時候住曹公潭，而我那個朋友就住在西樓閣的木屋，現在都拆除了，變成荃灣地鐵站。我們唸的德聲小學，即是現在的綠楊新邨，其實就在他家旁邊。我小時候每天都要走一個多小時的路上學，你這種年輕人大概想像不到，那時愉景新城那一帶還是一片爛地，那段路程無論日曬雨淋都完全沒有遮掩，可辛苦了。」

「因為順路，我每天都會去那個朋友家樓下，對著他的窗口大叫，等他出門一起上學。我姓龍他姓馬，所以我一開始是喊他馬仔，而他叫我龍仔。」

龍伯回想起當時情景，不禁微笑。

「那時的木屋很簡陋，隔音效果很差，所以他的鄰居都聽得到我們大喊大叫，後來他告訴我，我說話有點大舌頭，會把『馬』唸『啞』。因此我們的稱呼聽起來就像是『聾仔』和『啞仔』，一個聾的喊對方啞仔，啞的又喊對方聾仔。哈哈哈——」

「等一下！」毛名忍不住打斷龍伯。「首先我完全不明白笑點在哪。但這不是重點，重點是跟鬼故事有什麼關係？就算是角色介紹也太長了吧？」

「我等一下就會說到的了，真是的，現在的年輕人都那麼急性子。」

龍伯清了一下喉嚨，滔滔不絕地說道：「啞仔他呀，比我年幼幾個月但長得比我高，成績又好，每次考試名次總是頭三名內，而我就總是吊車尾。還有呀，啞仔他的手工藝很厲害，那個年代的小孩沒什麼玩具，啞仔就會自己做丫叉，會自己縫豆袋，還有會用碌柚皮、鐵線和橡筋做自動玩具車，玩具車上還可以插蠟燭的，精緻得很——」

龍伯一打開話匣子，便越說越起勁。

「還有還有，以前的小孩很流行玩拍公仔紙，你這麼年輕肯定沒聽說過，兩個人手上各拿張公仔紙，有公仔的面向對方，然後兩卡互拍，掉下時哪張卡是公仔面向上就算贏，那就可以拿走對方的公仔紙。我小時候買過幾張，卻總是一下子就輸清光，之後就不敢再玩。但啞仔可厲害了，他能用一張公仔紙就贏了厚厚一疊回來，害其他小孩都不敢跟他玩這個。」

毛名的忍耐力已經接近到臨界點，他雙手插袋，左右腳不斷交換重心，表情越發不耐煩。

「所以呢？可以說重點了嗎？」

「咳咳，所以呢……重點就是……待我想想。」龍伯脫下老花眼鏡，邊擦拭邊思索著，片刻後才緩緩戴上。

「剛才提過，我以前成績總是吊車尾，家境又差，而且我是家裡的老大，所以在小學五年級時，父親就讓我退學，早點出來工作賺錢，幫補家計……就在我上學的最後一日，啞仔和我都有些傷感，畢竟我不上學之後，大概就沒什麼機會再見面了。然後那天放學時……啞仔他就主動提議想去我家——亦即是曹公潭游水。」

龍伯停下來，發覺自己手不自覺地握緊了。事隔多年，回想起來心臟還是會「撲通撲通」地跳著。

「就這樣，我便帶啞仔來到曹公潭瀑布前，我一向都是和其他弟弟妹妹在那裡游水的，我跟啞仔玩了一會便上岸歇歇，我——咳咳，我想喝水，咳！」

好不容易聽到戲肉卻中斷了，毛名毫不客氣地翻了一下白眼，但還是拿了一瓶水給龍伯。

龍伯緩緩地喝了幾口水，才肯繼續說道：「那時候我想起我家門前種了些水果，那大概是我家唯一拿得出手用來款待客人的東西，於是我就跑回家摘了點……」

龍伯越說越慢，幾乎每句都要停一停才能繼續。

「當我抱著水果回到瀑布，已經不見啞仔的身影，只見岸邊放著他的白飯魚，我猜他可能自己下水了……年輕人你應該不知道什麼是白飯魚吧？那不是魚喔！是鞋子——」

「我知道！別解釋！繼續！」毛名快要抓狂了。

「好好好，我繼續，真是的。咳咳，我一早跟他說過，曹公潭看起來水位很淺，但其實潭底下高低不平，有些地方甚至有幾米深的，一不小心就會踩空，我和弟弟妹妹自幼在曹公潭長大，哪裡有石頭能踩，哪裡的水位較深我們都一清二楚，但啞仔他……唉，啞仔他甚麼都比我強，唯獨水性不及我，所以就這樣溺水了……」

「所以你覺得是啞仔的鬼魂一直引你去曹公潭？」毛名問。

「可能吧，畢竟也只有這個可能性了。後來我聽說曹公潭總會有人遇溺，還聽說有水鬼抓替身的傳聞，每次我都會想，他是不是想找人陪？啞仔死的時候才十歲，會孤獨寂寞也是正常的……我、我一直很後悔，後悔當時不應該丟下他一個人，他死後我就一直繞路，不敢再走近瀑布，直到全家搬離了曹公潭……我很抱歉，我一直很後悔，我是真的很難過，啞仔他——他是我這輩子最好的朋友——」

龍伯說著說著，脫下老花眼鏡，用手掩著臉失聲痛哭起來。

「龍伯？你怎樣了？」

耳熟的嗓音響起，龍伯抬起頭，剛才那個青年已經不見蹤影，他就站在士多門口，招牌也變回他所熟悉的中華辦館，而辦館事頭婆就站在旁邊。

唯獨地上有一本《財叔》。

一切就如南柯一夢。

第二章
耳邊迴響的瀑布聲・二

「老闆，人家剛才救了你耶，年底應該有分紅吧？」

聽到長鬼的聲音，躺在地上的毛名總算清醒過來。

「咳咳咳咳——」

毛名翻身趴在地上劇烈地咳嗽，剛才慌亂之中不小心喝了好幾口水，嗆到了。

「咳咳——食氣鬼！出來！你又說有水鬼？水鬼呢？你該不會是騙我的吧？」

「冤枉呀老闆，我發誓我是真的聞到有水鬼！而且把你騙上山對我有什麼好處？」食氣鬼一從雨傘下鑽出來便大聲伸冤。

水鬼的反應正合毛名意，為了不再額外點香給食氣鬼，他佯怒地說：「那你現在證明給我看！水鬼在哪？」

食氣鬼張大鼻翼，在瀑布附近飄了一圈，最終在毛名剛才踩空的位置停下。

「應該在這個位置，這裡的氣味最濃。」

毛名努力回想，自己剛才到底是腳被扯住了才摔倒的，還是單純踩空？但還來不及多想，毛名已一連打了好幾個噴嚏，冷得發抖。

他自幼體弱多病，這次恐怕又要感冒了。

「乞嗤——長鬼，你把頭伸進水裡看看。」

「討厭！人家今晚化了妝，碰到水妝會花的呀！除非……除非老闆付加班費，燒個Chanel 小廢包給人家吧！」

「……」

長這麼高要小廢包幹嗎？

食氣鬼一聽到加班費便立即自告奮勇：「老闆我可以下去看看！我的加班費只需十根香，比Chanel 袋便宜多了！」

「你視力那麼差，而且你一進水裡嗅覺就失靈了，有什麼用？」毛名嫌棄地說。

他的電筒在剛才摔倒時已經不知所終，大概已經沉入潭底了。幸好毛名早有準備，從袋子裡掏出備用的。

誰知電筒燈光閃爍了兩下便突然熄滅，就這樣壞了。

毛名不死心，繼續拿出備用電筒，但無一例外全壞了。

沒了電筒，加上自己好像病了，今晚恐怕難以繼續調查下去。

「算了，今晚就先……乞嗤！先，先撤退吧。乞嗤！」

毛名打著噴嚏穿回衣服，卻還是冷得發抖，鼻涕長流，折騰了一晚卻只能無功而返。

果不期然，毛名回去後便發起高燒，一直臥病在床，過了三四天才終於完全退燒，但還是一直打噴嚏，於是又再休養了一個星期，期間還發生了一段小插曲，解決了一件鬼壓床事件。

不過，那是另外一個故事。

待自己不再流鼻涕後，毛名才再次來到曹公潭。

同樣是午夜時分，但跟上次不同的是他帶來了幫手。

一名十五歲左右的少女和他一同前來，少女長髮披肩，容貌清秀冷冽，背著一個運動風的索繩袋，穿著T恤和真理褲，露出一雙潔白無瑕的長腿，很是養眼。

但毛名完全不解風情，反而吐糟道：「萬小莉，你穿成這樣是準備上山餵蚊子？」

萬小莉白他一眼，踢了他一腳後就不再理會他，快步地往瀑布方向走去。

毛名與她相識甚久，已經不是第一次自討沒趣，因此並不在意，連忙跟在少女身後踏上山路。

步行了約莫十來分鐘，毛名就和上次一樣氣喘不已，累倒在地上。

「萬小莉……我……不行了……走不動……」

萬小莉步速極快，早已拿著電筒一馬當先的走遠了，聽到毛名的喊聲才回頭折返。

她望向攤坐在地上的毛名，無奈地扶額說：「你上次不也成功去到瀑布那裡嗎？」

「我……這次……大病初癒……」

萬小莉看了看手錶，不願意浪費太多時間，便說：「行了，我看看有哪位婆婆或伯伯願意背著你走。」

她拉開袋子，掏出數隻他媽哥池出來，逐一查看。

「大部份都睡覺了，不過落頭婆婆應該樂意出來的，畢竟她喜歡晚上抓蟲子吃。」她挑出一隻綠色的他媽哥池，按了一下按鈕，喊道：「麻煩請你出來，落頭氏。」一股白煙從他媽哥池裡冒出，從煙霧中出現了一個膚色黝黑，脖子佈滿青色鱗片，看起來只有十來歲的小女孩。

小女孩一出現便立即吐出長長的蛇舌，在空中轉了一圈，吃了滿嘴的蟲子。

「毛名呀！你是不是又長高了？嗯嗯，這裡的蚊子夠大！吃起來夠彈牙！」小女孩說著，舔了舔嘴巴。

「落頭婆婆，可以請你背著毛名跟著我走嗎？沿途的蟲子你都可以隨便吃。」萬小莉恭敬地問。

落頭氏的身高只有 155 公分，高度還不到毛名的胸膛，但牠還是爽快地回答：「好！」說著，牠便蹲下來背起了毛名，看起來完全不費吹灰之力。

毛名表情有些尷尬，無奈雙腿實在走不動了，在丟臉和靠自己徒步上山之間，他最後還是選擇了前者。

「嘩！毛名你真的好輕，而且好瘦，你到底有沒有吃飯？平日裡俊彤和小莉沒煮飯給你吃嗎？」落頭婆婆說著，雙腳健步如飛地追上萬小莉。

毛名還未回應，前方已傳來萬小莉的聲音：「當然有，我放學後都有給他做晚飯，是這小子自己挑食，老是吃不完。」

落頭婆婆輕笑起來：「毛名你還是一樣不喜歡吃肉嗎？那可不行呀！難怪身體都不長肉

的。」

毛名被二人你一言我一語地說教，暴脾氣幾乎又要發作，但就在他的怒氣值爆發前，他們已經來到瀑布潭面前。

「毛名，你現在看得到水鬼嗎？」萬小莉問。

毛名還在生悶氣，但知道正事要緊，只好黑著臉用電筒照了一圈，接著搖了搖頭。

萬小莉也是低靈人士，而且沒有陰陽眼，如果連毛名都看不見的話，她就更不可能在這方面幫得上忙。

但毛名找她來幫忙自然是有原因的。

「落頭婆婆，我想要麻煩你潛進水底看看，本來這種事應該要拜託魚人婆婆的，但她現在睡著了。」萬小莉說。

落頭婆婆爽朗地一口答應：「沒問題，但你事後要請我吃蟲子喔！我想吃香脆可口的黑蟋蟀。」

「沒問題，這次是毛名找我幫忙，所以他會負責買的。」

毛名在一旁不爽地咕噥：「婆婆你牙齒都沒剩幾顆了，蟋蟀你咬不動的——哎呀！」

萬小莉狠狠地給了他一記爆栗後，禮貌地對落頭婆婆說：「那就麻煩你了。」

「包在我身上！」

如果說毛名是鬼魂的老板，那萬小莉就是妖精們的護老院看護。

落頭氏是一種長頸妖怪，由於牠們是靠夜間捕食蟲子為生，因此有很強的夜視能力。

落頭婆婆的頭顱忽然開始往上伸長，接著耳朵變成了蝙蝠般的翅膀，開始高速地拍動著。只見她的脖子越伸越長，頭顱越飛越高。最終，脖子的尾端脫離了身體，如同蛇一般，而失去頭顱的身軀緩緩倒下，被萬小荊一把抱住。

落頭婆婆的頭顱在空中轉了一圈，估計是順便吃了不少飛蟲，接著她俯衝而下，撲通一聲，消失在潭裡。

片刻過後，落頭婆婆的頭衝出水面，飛了回來。

「完全不見有水鬼的蹤影。」落頭婆婆說。

「連婆婆都這樣說，會不會那個老伯伯是真的有老人痴呆？整件事和靈異無關？」萬小荊問。

毛名回想起和龍伯的對話，總覺得有種違和感。

「食氣鬼當時不像是說謊……我想再試一試做誘餌，如果還是沒有發現的話那就算了。婆婆，你帶我直接去瀑布前面吧。」毛名說。

這次毛名沒有再召喚出長鬼，而是一手拿著紅色雨傘，一手握住電筒，讓落頭婆婆的脖子如同蟒蛇一般纏繞著他的胸腔，並帶他飛到瀑布前。

「就停在那塊大石上吧。」毛名在空中指著那塊上次想要靠過去休息的石頭。

落頭婆婆拍動著翅膀，緩緩地把他放在石上，瀑布在毛名的面前嘩啦嘩啦地直瀉而下，水花四濺。

「我上次就是在這裡差點溺水的——」

突然，一陣濕淋淋的觸感抓住了毛名的腳踝。

接著，他被一股力量猛地扯進水裡。

冰冷的潭水瞬間把他吞沒。

毛名還來不及發出聲音，口腔、鼻腔、耳道已一下子灌滿了水，幾乎窒息。他手腳拚命地撲騰掙扎，雙腳完全碰不著地，他能感覺到落頭婆婆的脖子緊緊的纏著自己往上拉扯，似乎在嘗試把他送回水面。

這次和上次不同，他明顯感覺到雙腳被禁錮著，用力往下沉。

黑暗中，數條紅線突然出現，捆綁住了他的手腳，試圖把他往上拉。

電光石火之間，他在水中似乎看到有一個人站在剛才那塊大石上，正凝視著他。

毛名知道紅線是萬小荊的法器，便強忍著紅線深陷皮肉裡的痛楚，左手鬆開了電筒，反手握住紅線，使力地拉。

水鬼在水中的力氣非尋常鬼怪能與之相比，但落頭婆婆畢竟是百歲妖精，加上萬小荊使用紅線法器的協助，雙方拚命拉扯，最終還是他們佔了上風，成功讓毛名的臉冒出水面。

毛名連忙張大嘴巴喘了口氣，接著高舉紅色雨傘，大喊：「出來！熾燃鬼！」

一隻渾身冒著熊熊烈火的鬼應聲而出，刺眼的火光一下子照亮整個瀑布潭，波光粼粼。

「熾燃鬼過來！」

熾燃鬼聽令，立即衝入水中，灼熱的火焰在水面上蔓延伸展，水潭頓時化為一片火海。

熾燃鬼身上的火焰是罪孽之火，除非罪孽得以消除，否則永不熄滅，就連水也不行。

毛名咬緊牙關，忍受著全身灼熱的疼痛感，孽火雖然不會傷害到活人肉身，但還是會讓人真實感覺到火灼般痛楚。

幸好水鬼的天敵正是火，牠比毛名還耐不住熱，最終還是鬆開了手。

「就是現在！婆婆抓住他！」毛名喊道。

落頭婆婆旋即放開了毛名，用脖子纏住了水鬼，把牠五花大綁，接著拍動著翅膀沖出水面，把水鬼拖了上岸。

只見水鬼身形如孩童，有著一張魚一般的臉，雙手和雙腳極為巨大，足足比成年男人還要大一倍，手指和腳指之間長有蹼。

牠雙目無神，身體被落頭婆婆的脖子勒緊，手腳卻還是無力地抖動著，似乎是在掙扎。

水鬼一旦離開了水域，力量便會大減，連普通人也不如。

「你沒事吧？」

萬小荊游到毛名身邊，關心地問。

「咳咳，沒事，我——」一陣違和感忽然湧上心頭，毛名瞪大了眼睛，望向萬小荊，再望向和她相反方向的大石。

「你剛才有站上這塊石嗎？」毛名指著他被水鬼拖下水前站立的那塊大石。

萬小荊搖了搖頭，問：「怎麼了？」

剎那間，毛名明白了他在水中看到站立在石上的人到底是誰。

所有事情拼湊在一起，最終指向了一個可能。

第四章
耳邊迴響的瀑布聲・尾聲

「聾仔……」

「聾仔……」

龍伯回過神來，發現自己不知何時來到曹公潭瀑布潭中，正站在陽光下愣愣的盯著潭水，水位已及膝。

龍伯用手一抹頸脖，猛地驚覺自己汗流浹背，身上的衣服早已濕透，也不知道是汗還是瀑布飛濺而出的水花。

頭頂烈日當空的，大概已經中午了，自己到底在這裡站了多久？

龍伯感到一陣寒顫從背脊竄起，他慌張地轉身，拔腿狂奔，跌跌撞撞地沿著山路急忙逃離，直到來到照潭徑。

在這不足半小時的路程，飛瀑直瀉而下的嘩嘩潺潺聲始終在他耳邊纏繞著，繞得他心煩意亂。

嘩啦嘩啦……

不知是否錯覺，他總覺得瀑布聲之中隱約夾雜著一把稚氣的童聲，像是在喊著：**「聾仔……聾仔……」**

終於，在他快步來到荃景圍巴士總站後，才總算聽不見瀑布水聲。這時龍伯才敢停下腳步，喘著氣用手背抹汗。

他不抱期待地伸手摸了摸褲袋，果不其然，自己既沒有帶錢包，亦沒有帶鎖匙。

龍伯嘆了一口氣，認命地走路回家。

所幸他家離曹公潭不遠，也只是半小時左右的路程。只是自己沒有帶鎖匙，需要按門鈴請兒媳開門，到時難免會受她白眼。

果不其然，兒媳在幫他開門時不斷地碎碎念著：「又是這樣，故意趁我在忙時跑出去，我背後又不長眼睛哪管得了這麼多，總是到處亂跑給我添麻煩……」

龍伯想為自己辯護，但話說到嘴邊，最終還是吞了回去，默不作聲地回到房間換了衣服後，打開收音機。

收音機傳出悠揚的音樂，卻還是掩蓋不了兒媳帶刺的碎念聲，聽得龍伯煩躁不已。

倏地，他耳邊似乎又響起了嘩啦嘩啦的瀑布聲，還有啞仔喊他的聲音。

「聾仔……聾仔……」

龍伯怔怔地站起身，片刻過後，他拉開抽屜，東翻西找了一番，找出了一個塵封多年的鐵盒。

這個鐵盒上有一道鎖，在經歷了六十年風霜後，它早已鏽跡斑斑，殘破不堪，再也打不開了。

但即使如此，龍伯還是沒有把它丟掉，而是一直藏在抽屜深處。

他就這樣捧著鐵盒，直愣愣地盯著看。

「啞仔，是你嗎？是你在叫我嗎？我知道，我知道你在怪我，我一直很後悔……我一直很後悔，我一直很後悔……」

龍伯就這樣一直對著鐵盒喃喃自語，直到孫子回來。

和龍伯共用一個房間的孫子一進來，就看到抽屜裡的東西都被翻了出來，不禁大聲地說：「阿爺！你又幹什麼啦！你把我的桌子都堆滿了，我哪有地方做作業？」

「啊，你回來了？等等，爺爺很快便會收拾好——」

「不用了！反正你只會幫倒忙！我自己來還比較快！」孫子白了他一眼，一股腦地把桌上的東西掃回抽屜裡。

「阿爺，我拜託你出去吧！我明天還要小測，你會吵到我的！」

「好好，那爺爺不打擾你。」龍伯邊說邊走出房間：「就算是唸書也別熬夜，對身體不好。還有唸書時記得開枱燈，不然會近視——」

房間門毫不留情地在他面前關上。

龍伯自討沒趣，只好嘆著氣來到客廳呆坐著。

人到花甲之年，兒子又已經成家立業，按道理自己應該能安享晚年。但現在卻莫名有種寄人籬下的感覺，在兒子兒媳眼中，自己就是個佔空間的累贅，孫子也老是抱怨不想跟爺爺擠一間睡房。

待兒子回來後，一家四口圍在電視機面前吃晚飯，孫子趁機向父親投訴：「爸！阿爺今天不知道發什麼瘋，把抽屜裡的東西全都翻出來，弄得滿桌都是雜物，害我花了好長時間收拾！如果我明天小測考不好，一定是爺爺害的！」

兒媳也在一旁唯恐天下不亂地煽風點火：「老爺今天又一聲不響地出門了，我在房間吸塵打掃，他就趁吸塵機的聲響太大我聽不見關門聲時偷偷溜出去！」

「爸！你又跑去曹公潭了？」兒子立即放下筷子質問。

「肯定是，他回來時衣服都濕透了！害我又要洗衣服！」

龍伯百口莫辯，他的確是跑到曹公潭沒錯，但完全不是趁兒媳在忙時溜出去的。

「我也不想呀，我是真的不知道自己為什麼會跑去那裡的。」

「……我就說阿爺肯定是老人痴呆了。」孫子在一旁咕噥著。

「沒有，爺爺記憶力還很好呀！幾天前的事還記得很清楚！」

「希望吧，沒有就最好。」兒子剛說完，接著轉身喃喃低語著：「媽又不在了，我還有個小孩要養，要是……唉。」

兒子那一聲嘆氣聲雖輕，但龍伯還是聽得一清二楚，心裡頓時很不是滋味。

要是自己真的老人痴呆了，想必他們只會更嫌棄自己吧？

相隔了半個月，解靈士多再次出現在龍伯面前。

上次那個黑衣青年站在士多門口，對他招了招手。

這次，龍伯猶豫片刻後才走進士多。

「我找到啞仔了。」毛名開門見山地說。

龍伯瞪大眼睛。

「那——那啞仔怎麼樣了？」

「啞仔死後變成了水鬼，暫時不能投胎。但我會給他一個容身之處，讓他不用再做遊魂野鬼，順便讓他幫我打工，可以積積陰德。」

「那真是太好了。」

龍伯眼泛淚光，心裡頓時鬆一口氣。

這樣一來，自己也終於解脫了吧？終於不會再莫名其妙地跑到曹公潭，也終於能放下多年來的愧疚感。

毛名話鋒一轉，問：「不過，我有三個疑問，不知道阿伯你能不能回答我。」

「什麼疑問？」

毛名指著自己的眼睛說：「我呢，是個被鬼生下來的孩子，所以天生擁有陰陽眼，鬼在我眼中就跟活人一樣。」

「這次的事件，我進行了兩次靈探調查，第一次去到曹公潭時，我完全看不見啞仔的蹤影。除了在瀑布前方因為踩空而摔了一跤，差點溺水之外，什麼事也沒發生。那個潭底地勢高低落差大，如果不熟悉該處的話很容易失足。這一點，我記得你上次也提到過，對吧？」

龍伯點點頭。

「為什麼第一次去時，我會完全看不見啞仔呢？這是我第一個疑問。待我第二次去曹公潭調查時，我用了一些方法搜查潭底，還是不見啞仔蹤影。後來我再次走進了水潭，看能不能把啞仔引出來，結果我成功了。」

「事後回想，第二次我是爬上了瀑布前方的一塊大石上，然後啞仔才出現把我扯進潭裡的，而第一次調查時我並沒有爬上去。所以我推測要引出啞仔的關鍵，就是那塊大石。」

「如此一來，就產生了我第二個疑問，那塊石頭到底有什麼特別？」

龍伯清了清喉嚨，說：「我知道你說的那塊大石，啞仔就是在那個位置溺水的，他可能是在死前一直拚了命想要爬上去，但因為體力透支而失敗吧。可憐的啞仔。」

毛名點點頭，說：「我的猜測跟你差不多，不過我還看到了一件事。準確來講，是在跟啞仔水中搏鬥時，眼前出現了一幕畫面——有一個人就站在那塊石上，凝視著在水中掙扎的我。」

說著，毛名烏黑的眼睛直勾勾地盯著龍伯。

「那一幕大概是啞仔生前最後的記憶，而那個站在大石上的人……其實是當年的你，對吧？」

龍伯並沒有回答。

但也沒有否認。

「水鬼抓替身的傳聞只有一半是真的，啞仔的確害死過人，但他並非為了抓替身，他只是不知道自己已經死亡，所以一直重覆著生前最後的行為——他恨你，想把站在石頭上眼睜睜看著他溺死的你拖下水，因此只有站上那塊大石的人會被襲擊……啞仔把每一個站上那塊石頭的人，都當成是你。」

「現在回想起來，其實也並非完全無跡可尋，例如你一提到往事就滔滔不絕地說過不停，連無關緊要的事也說了一堆，偏偏最重要的死亡事發經過卻拖拖拉拉的。」

「不過，也可能是因為你不願回憶好友的死吧，所以我當時也沒有多想。但有一點是我從一開始已經覺得有違和感。那就是你總是有意無意地強調你和啞仔的感情有多好，仔細回想你的話，你每件事都在誇獎啞仔有多厲害，而你就完全比不上……我有一種感覺，你其實一直很妒忌啞仔，對吧？」

龍伯臉色一白。

「你妒忌他一切都比你強，妒忌他擁有你所沒有的東西，例如他自己做的丫叉、豆袋、玩具車，還有贏回來的公仔紙……」

龍伯想起那個多年來被他好好保管著的鐵盒，裡面藏著所有啞仔視為寶貝的小玩意。他把鐵盒據為己有，卻一直不敢打開來看看，後來鐵盒的鎖生銹了，便再也打不開。

毛名冷眼地凝視著他，問：「我還有最後一個疑問，你是單純對溺水的啞仔見死不救？還是從一開始，就是你引導啞仔走到水深處的？」

龍伯沒有回答，而是喃喃低語地重覆著：「我也很難過，我也很內疚，我也很痛苦，我也很心痛……是真的，真的！」

毛名點了點頭，冷漠地說：「我想我已經猜到答案了。」

龍伯忽然撲在地上，扯住毛名的褲子，痛哭流涕地大喊：「我一直很後悔呀！啞仔他是我這輩子最好的朋友！」

毛名彎下腰，在他耳邊輕聲地說：「我相信你。放心，我不會讓你最好的朋友傷害你，這會讓他作孽更深。我也無法靠法律制裁你，因為我沒有證據，但……我會讓你受到懲罰的。」

那晚，龍伯抱著鐵盒坐在床上，一夜無眠。

待天快亮時，他才漸漸有了睡意。誰知一覺醒來，發現自己又一次來到了曹公潭。

如是者，同樣的事一而再，再而三的發生，而且情況比之前越發嚴重，到最後龍伯幾乎每天都會跑來曹公潭。

那急湧直下的瀑布成為了他揮之不去的惡夢，不論走到哪裡，那嘩潺嘩潺的水聲總是在他耳邊迴響著。

家人認定他就是得了老人痴呆，平常在家裡承受著各種的酸言酸語，和毫不遮掩的嫌棄，更是讓他深感無力。

最終，兒子決定送他到老人院。

龍伯就這樣被遺棄了。

來到老人院後，他就再也沒有失去意識跑到曹公潭去，但耳邊還是會迴響著瀑布聲，時而近，時而遠。

起初，兒子兒媳會在每個週末帶孫子探望他，會帶點好吃的來到，也會陪他聊聊天。

於是龍伯在自己的床邊掛了一個月曆，每天都會畫一個交叉，週末成為他生活中唯一的期盼。

但漸漸地，他們就從每週一次的探訪，變成一個月一次，再到只有在節日時才會出現。

床邊的月曆只剩下滿頁的交叉。

後來，月曆徹底淪為擺設，逐漸泛黃。

然後從擺設變成垃圾。

那個鐵盒被他帶來了老人院，依舊藏在抽屜裡。每次看到時，龍伯都回想起那一天，他抱著鐵盒站在岸邊，看著被大人們團團圍住的啞仔。他下半身泡在水中，雙腳隨水流晃動，彷彿仍有一線生機。

那時候的他，到底是希望那雙腳動，還是不動？

連他自己也沒有答應。

此後的三十多年，龍伯總會蜷縮著枯萎的身軀坐在老人院的角落裡，孤獨一人喃喃自語著。

「瀑布……瀑布……瀑布……瀑布……我聽到瀑布聲……瀑布……瀑布……」

直到死亡。

第五章

壓在身上的重量 • 一

這件事發生在毛名第一次去完曹公潭後，大病初癒的時候。

事件的主角是一名 16 歲的高中生，和萬小荊同校，名叫 Yuki。她身材姣好再加上甜美可愛的臉蛋，讓她一直以來在學校頗受歡迎。

當然，只限異性。

近來 Yuki 成功搶走死對頭的男朋友，這讓她在女性同學眼中的綠茶指數又再上升不少。所謂的死對頭指的是她同班的女同學，亦是學校的風紀隊長。每天早上風紀隊長都必須站在校門前檢查學生制服，也正因如此，她就不得不每天都看著 Yuki 和自己前男友牽著手一起上學。

能每天早上看到死對頭臉色鐵青的模樣，成為了 Yuki 上學最期待的事。

不過，最近這種樂趣打了點折扣，皆因她懷疑自己被鬼壓床了。

近日在她關燈上床一段時間後，就會突然感到仿佛有千斤重物壓身，尤其是胸口，讓她感到呼吸困難。

雖然手腳可以活動，卻總覺得被一股力量壓制著。

全家就只有Yuki一個是高靈體質，她問過和她同房的妹妹晚上有沒有感覺到什麼，果不其然，妹妹完全沒有感覺。

起初只是三不五時才會感覺到，Yuki也就懶得理會，但後來被鬼壓的頻率越來越密，漸漸地變成每晚都會被壓，她就開始受不了。

Yuki找出多年前母親為她求的平安符掛在床邊，但不知道是不是過期了，總之完全沒有效果。

她嘗試過被鬼壓時唸經驅鬼，才唸了幾句便感覺嘴巴像是被某些東西堵住，而且會伸進口腔裡，感覺怪噁心的。

她還試過中西合璧，在睡前唸經，還在床邊擺放十字架和聖經，但可能東方的鬼不怕西方宗教吧，反正就是無效。

後來Yuki已經懶得反抗，就算感覺到身上的重量還是會繼續蒙頭大睡。

但問題是，每次被鬼壓床之後，她醒來時不是渾身痠痛，就是倍感疲倦。

被鬼纏身事小，但害她每晚睡不好就事大了。由於精神狀態差，害她現在連看到死對頭鐵青的臉時，心中的愉悅感都減弱了不少。

今天，Yuki和新交的男友一齊乘搭輕鐵上學時，她忍不住嬌嗲地向他抱怨：「BB，我最近每晚都睡不好，皮膚都變差了好多。」

「哪有，還是那麼水嫩。」男友笑著，輕輕捏一下她的臉頰。

Yuki偏過頭，不著痕跡地躲開男友的手，為了掩蓋黑眼圈，她偷偷化了妝，不想被男友蹭掉粉底。

「真的啦，而且每一晚都感覺身上好重好重。BB，你說我會不會是被鬼壓？」

「哪有什麼鬼壓床？其實都是有科學根據，叫睡眠癱瘓症——」

男友開始向她科普睡眠癱瘓症的知識，明顯是個不相信鬼神之說的人。

Yuki 裝作用心聆聽，實際上卻不以為然。

男友還在滔滔不絕地說著，這時 Yuki 注意到前方有一個握著扶手柱的女孩，正直勾勾地盯著自己。

女孩穿著和 Yuki 一樣的校服，身形高挑，烏黑的長髮披散，眉目清秀，是那種很適合當模特的高冷長相。

這女孩正是萬小莉。

Yuki 不認識萬小莉，只知道是同校學生。她見女孩盯著自己，便惡狠狠瞪回去。

萬小莉立即移開視線，接著從書包裡掏出一部機器。

Yuki 有一位熱愛靈異的青梅竹馬，拜對方所賜，她對靈探時會用到的工具略知一二。因此她一眼便看得出那是 EMF 機，據說能探測靈體。

難道……她偷聽到他們剛才的對話？

萬小莉只是看了看 EMF 機，很快便收回書包裡。

Yuki 雖然有些在意女孩剛才的舉動，不過對方並沒有再望向自己，自己也就沒有理由質疑她是否偷聽。

輕鐵到站時，萬小莉瞬間消失在擠向車門的人群之中，Yuki 也就沒再多想，和男友一同上學了。

連日來的睡眠不足，讓 Yuki 在上午的幾節課時幾乎用盡全身意志忍著不打瞌睡。一到午飯，她便狠心拒絕和男友出去用膳，情願爭取時間補眠。

學校的醫療室有一張床，可是使用前的手續可是麻煩得很，先是要去校務處登記資料，再來要通知老師，請老師幫忙填紀錄表。

不過 Yuki 知道當值老師在午休時總是會外出用膳，只要在老師回來前離開，那就不會有問題。

她偷偷溜進醫療室，果然裡面空無一人，角落圍著幾面屏風，那正是床的位置。

誰知她一靠近，便察覺到屏風後有一股難而言語的詭異感。

正當她因此而停下腳步時，屏風後傳來一陣竊竊私語的女聲。

「盧亭婆婆，你現在不好好吃飯的話等一下就會餓的了，而我要等下課時才能再次餵你。」

然後，有一把像是電子合成的聲音響起：「我已經飽了唄，吃不了唄！」

「婆婆你老實告訴我，你是不是偷吃炸雞了？」

「沒、沒有唄！」

「唉，婆婆，都跟你說過多少次，雞肉可以吃，但要少油少鹽，你都已經一把年紀了。」

在好奇心驅使下，Yuki 輕手輕腳地從屏風之間的罅隙偷瞧，隱約看見床上擺放了四五顆他媽哥池，還有一雙白皙修長的腿。

「誰？」

床上的人察覺到 Yuki 的存在，連忙推開屏風察看。

兩人一看到對方，都不約而同地「咦」了一聲。

Yuki 認出對方正是今天早上在輕鐵上遇到的同校女孩，想必對方也是如此。

「抱歉，打擾了。」Yuki 說著，打算轉身離開。

「等等！」萬小莉叫住了她。「如果你有需要的話就睡吧。」

「咦？」

「我本來就沒打算睡覺，只是想找個地方靜靜地玩他媽哥池。」

萬小莉飛快地收起所有他媽哥池，下床穿好鞋子，把床位讓給她。

「……謝謝。」Yuki 有些別扭地道謝，心裡想著對方早上果然偷聽到吧？不然怎會認定她是來睡覺的。

對方回了一句「不客氣」後，就轉身離開了。

Yuki 在她離開前，瞥了一眼她手上的他媽哥池。

她清楚感覺到這些玩具裡蘊藏著讓她毛骨悚然的壓迫感。

再聯想到這女孩書包裡有一般人根本不會隨身攜帶的 EMF 機，還有剛才的電子合成聲音……她肯定對方不是普通人。

儘管有些好奇，但一切都比不上睡覺補眠重要，Yuki 便沒再多想，用手機調好鬧鐘後便躺在醫療床上。

她幾乎在腦袋觸碰到枕頭那瞬間便睡著了。

沒過多久，Yuki 便在鬧鐘聲響中醒來，還有幾分鐘午休便會結束。

她連忙穿好鞋子溜出醫療室，打算從靠近學校大門的樓梯回到課室。可是一出去就看到老師迎面走來，嚇得Yuki趕緊轉身往相反方向走。

學校共有兩條樓梯，一條靠近大門，另一條則在走廊盡頭，同時亦比較靠近教員室，所以Yuki平常很少走這條樓梯。

她躡手躡腳地經過教員室門口，然後三步併作兩步地走上樓梯，想要快點回到課室。

誰知剛走到一樓樓梯轉角處，她就聽到一把熟悉的聲音。

「都已經結束午休時間了，你還在玩他媽哥池那就是違規！」

「我知道，但可以先還給我嗎？不論罰我什麼都可以，但拜託先還給我。」

「不行，我放學後會交給訓導主任，你到時自己找主任拿。」

Yuki看到剛才把床讓給自己的那名女孩，還有一個她再熟悉不過的身影——那個被她搶了男友的風紀隊長，亦即是她的死對頭，朱嵐薏。

「喂，別欺負人啊。」Yuki笑意盈盈地走上前，站在朱嵐薏面前，而且還故意做出雙手抱胸的動作，以突顯自己比對方大許多的胸部來刺激她。

朱嵐薏一見到Yuki，立即黑著臉說：「李玄乾你別多管閒事！」

一聽到自己的全名，這下子輪到Yuki不高興了，她冷哼了一聲，說：「別叫我的名字，我跟『豬腩意』你又不熟！」

「你說什麼？」一聽到自己的綽號，朱嵐薏已氣得滿臉通紅。

「還有，別將被我搶走男朋友的氣發洩在別的同學身上，太難看了。」Yuki說。

「違規就是違規！我只是公事公辦！」

Yuki冷笑一聲，說：「如果你真的那麼公事公辦，午休才剛過一分鐘就要沒收別人的東西，那就應該同樣公事公辦地馬上帶她去找訓導主任，而不是等到放學。風紀是沒有權保管學生財物的！」

被 Yuki 這樣一說，朱嵐薏心知自己理虧，卻還是強詞奪理說：「我現在就要上課了，哪有空帶她去教員室？她既然違規了，就算要等到放學後又如何？」

Yuki 手指轉動著髮尾，笑道：「樓下就是教員室，我剛才經過看訓導主任還在，你下去把他媽哥池交給他的話根本用不著三分鐘。以你的成績，少三分鐘影響不大啦！」

最後一句話狠狠刺中朱嵐薏的痛處，她雖然外表看起來是很用功唸書的書呆子模樣，而且又是風紀隊長，但實際上成績卻不如整天打扮看起來很輕浮的 Yuki。

欣賞夠死對頭被自己氣得火冒三丈的模樣後，Yuki 露出勝利的笑容，轉身對萬小荊說：「走，我陪你去教員室找訓導主任，說風紀濫用職權沒收你的東西。」

「喂！等等！」朱嵐薏惡狠狠地瞪了 Yuki 一眼，接著端著架子對萬小荊說：「你！現在就跟我到教員室！」

萬小荊點點頭，臨走前往 Yuki 投來一個感激的眼神，而 Yuki 只是對她微微一笑，並沒有把這件事放在心上。

畢竟她主要是想氣一下死對頭，順便還對方讓床給她的人情。

午休後是最無聊的數學課，讓一群飯氣攻心昏昏欲睡的學生連續上兩堂數學課，這完全是慘無人道的事。

Yuki 好不容易熬到下課放學，男友表示會留在學校踢足球，往常的話她並不介意在一旁當誇誇團，幫男友遞一下毛巾和水，但現在的她只想趕快回家，趁天色尚有陽光應該不會被鬼壓時睡一下。

她獨自一人來到校門前，卻見到一個今天已經是第四次遇到的人。

那個拿著他媽哥池的女孩站在校門旁的一棵大樹下，正四處張望著，明顯是在找人。

萬小莉一看到Yuki便立即小跑來到她面前，開門見山地說：「那個……你好，我叫萬小莉，請問可以讓我幫你驅魔嗎？」

對於如此沒頭沒腦的話，Yuki一時反應不過來，只得「吓」了一聲。

「你被鬼壓床的事，我說不定可以幫你解決。」萬小莉說。

第六章 壓在身上的重量・二

「我叫萬小莉，可以讓我幫你驅魔嗎？你被鬼壓床的事，我說不定可以幫你。」

Yuki 一時之間也不知道該給什麼反應，只得詫異地「吓」了一聲。

「那個……抱歉，我今早在輕鐵上有偷聽到你說的話，說出來你可能不信，但我會驅鬼，我想報答你剛才幫我的事。」萬小莉誠懇地說。

Yuki 倒也不是不信，只是沒遇到過這種情況，只得尷尬地說：「用不著報答那麼誇張吧？只不過是件小事。」

「對我來說可不是小事！」萬小莉認真地說，聲量略微大了些，引來一些放學的學生側目而視。

Yuki 有些在意旁人眼光，卻不是為了自己，而是她知道自己一向風評不怎麼好，尤其是在女生之間。一看到人群之中有幾個自己的同級生，她便立即轉身遠離萬小莉。

萬小莉不明所以，但眼見自己想報恩的目的尚未達到，便連忙跟在 Yuki 身邊。

「等一下，你是不相信我嗎？雖然我和一般正派道士不同，但我不是神棍。」萬小莉邊說邊掏出一顆他媽哥池展示給 Yuki 看：「這不是普通的他媽哥池，而是我照顧的妖怪。」

其實不用萬小莉說，Yuki 已感覺到一股異常的壓迫感撲面而來，和午休時所感受到的一模一樣。

「裡面封印著不同妖怪，而我和這些妖怪們有個協定，我負責照顧牠們的起居飲食，而牠們在我有需要時會幫我。所以我剛才被風紀沒收他媽哥池時才會那麼著急，因為我要是沒有及時餵食的話，妖怪們就會當我違反協定。」萬小莉解釋道。

「等等。」Yuki 無奈地扶額，說：「我不是不相信你，但我跟你又不熟，為什麼要跟我說這些？」

「因為我想報答你，也想你了解對我來說不是小事。我不敢肯定自己 100% 能解決到你鬼壓床的事，但我會盡我所能的。」

萬小莉的表情認真得讓 Yuki 有些不自在，她還是比較習慣接受來自同性的負面情緒，例如鄙視、妒忌、不屑之類的。

不過 Yuki 最終還是答應了，畢竟鬼壓床的事真的讓她蠻困擾的。

「好吧，我可以讓你來我家看看。但之後就別再找我了，以後在學校遇見了我會裝作不認識你，你也一樣對我就行了。」

萬小莉不解地問：「為什麼？」

Yuki 嘴角上勾，燦爛地笑道：「因為我是個專門搶別人男朋友的姣婆呀！」

萬小莉不加思索地回答：「但我又沒有男朋友，所以沒關係。」

Yuki愣住了，接著放聲大笑，笑到肚子痛需要彎下腰。

「哈哈哈……這不是重點吧？」

這次的笑，不是她對著男朋友時甜膩造作的笑容，也不是對風紀朱嵐薏時故事刺激對方的假笑，而是打從心底因為被逗樂而大笑。

萬小莉有些臉紅，大概也意識到自己說了蠢話，只好默不作聲地等待對方笑累為止。

Yuki笑出了淚珠，她邊擦邊說：「笑死了……抱歉，我不是想嘲笑你的。不過正常來說，一聽到我會搶別人男朋友都不會給我好臉色的。」

萬小莉歪了歪腦袋，思考片刻，說道：「搶別人男朋友的確不太好，但那些男朋友是願意被你搶走的，不是嗎？如果兩人真心相愛的話根本沒有人搶得走。而且你會幫我主持公道，又會擔心我因為你而受到影響，我覺得你人還是不壞的。」

Yuki突然對這個女孩產生些好感，她微微一笑，說：「走吧，去我家看看，我也想知道到底是什麼鬼居然敢壓我。」

「等等。」萬小莉掏出手機說：「我認識一個有陰陽眼的人，有他在會更好的。」

作為無業青年，毛名大部份時間都是宅在家裡無所事事，只能看漫畫打發時間，因此他不管什麼類型的漫畫都會看。

在這些漫畫當中自然包括戀愛題材的，不論是男性向還是乙女向的，都不乏會出現男女主角被關在狹小空間的劇情，從而製造些心跳面紅的曖昧氣氛，又或是派一下福利。

毛名現在就和萬小莉被關在狹窄的衣櫃裡，櫃門只留有一條縫線讓清新的冷氣進來。在悶熱的衣櫃裡，萬小莉正壓在他身上，兩人下半身四肢交纏，上半身靠雙手努力保持距離。他們彼此的臉相隔不過幾毫米，四目相對，毛名能清晰地感覺到少女吐出氣息。

在這種情況下，毛名只有一個想法。

他・媽・的・熱・死・了！

「萬小莉你別壓在我身上！」

「你以為我樂意的？」

萬小莉也很無奈，這衣櫃掛滿冬季大褸，又厚又重的讓她根本沒空間挺直身體，就只能趴在毛名身上。

毛名熱得汗流浹背，再也忍受不了，便用手踭推擠著萬小莉想要與她保持距離，而萬小莉也不甘示弱地抓住他的手臂往下壓，兩人就如小學生一般在衣櫃裡你推我擠的。

「喂！安靜點！」

毛名和萬小莉不約而同地停止動作，只見衣櫃門被拉開了些，Yuki 正在外面狠狠地瞪著他們。

「對不起。」萬小莉立即輕聲地道歉。

而毛名卻別過臉去，小聲咕嘟：「麻鬼煩，早知道就不幫你了……」

萬小莉敲了一下他腦袋，教訓道：「你又不是做義工，別再那麼多抱怨。」

此時，Yuki 聽到門外有動靜，連忙關上櫃門。

果不其然，兩秒後她妹妹進來了，剛洗完澡的她只穿著睡衣，從胸部的形狀看來底下明顯什麼都沒有穿，嚇得 Yuki 趕緊擋在衣櫃門前。這衣櫃門是無法關得嚴實，如果要不留空隙就只能用力頂著。

「你怎麼穿成這樣？！」

妹妹一臉看神經病的模樣望向姐姐。

「你激動什麼？我洗完澡後一向都是這樣穿的呀？」

「我不管，反正你快點穿好內衣！」

衣櫃內的兩人苦不堪言，連唯一提供新鮮空氣的門縫都被關得嚴嚴實實的，毛名和萬小莉現在除了熱得要命外，還外加呼吸困難。

黑暗中兩人對視了一眼，都不約而同地摸索到對方的手，然後用手指在掌心寫字的方式繼續吵架。

毛名：**「都怪你！」**

萬小莉：**「誰叫你看不出有沒有鬼！」**

毛名：**「我有什麼辦法？陰陽眼是被動技能！」**

萬小莉：**「那也不能怪我！」**

毛名：**「是你把我叫來的當然怪你！」**

毛名才剛退燒不久，身體還病懨懨的，現在他最渴望的就是回家洗澡睡覺。

幾個小時前他接到萬小莉電話，聽到對方以協助他解決水鬼事件為交換條件，叫他去幫忙。

毛名以為以自己的陰陽眼，區區鬼壓床應該很容易搞定，畢竟只會晚上壓床卻沒有實際傷害人的鬼，一般都沒什麼攻擊性，多半只是隻好色鬼。

他來到和萬小莉約定的地點碰面，簡單自我介紹過後，Yuki 便帶著他和萬小莉進去嘉濤山莊的麗濤居。

Yuki 領著他們進了大廈，很自然地走到升降機前，卻見到毛名和萬小莉正往樓梯方向走去。

Yuki 不明所以地問：「你們去哪？升降機沒壞呀？」

萬小莉瞧了毛名一眼，見他沒有開口解釋的意思，便代他回答：「毛名他……情況有點特殊，他沒辦法搭升降機。」

「但我家在三十三樓耶？」

三十……三？

三十三……樓？

毛名腦海一片空白，只剩「三十三」這數字不斷迴盪著。

而萬小莉則當機立斷地來到 Yuki 身旁。

毛名臉如死灰，用看叛徒的眼神瞪著她。

「你要丟下我？」

萬小莉雙手合十，真誠地道歉：「抱歉，雖然我體力不錯，但爬三十三層樓梯實在太強人所難了。不然，我看看有哪位婆婆或伯伯願意背著你走上去？」

「不用了……哼！」

毛名倔強地別過頭，一副視死如歸的模樣，毅然地推開通往樓梯的防煙門。

「勇士！」Yuki 對著毛名的背影比出大姆指。

Yuki 帶萬小莉回到家，換好衣服後上了趟洗手間，過了幾分鐘後兩人決定邊做功課邊等，這樣會比較有效率。

結果等到她們寫完功課，門鈴仍舊沒有響起。

Yuki 見萬小莉坐立不安，便提議道：「我們一起去找他？」

「不用了，他現在肯定累到癱軟在地，以他的身高我們根本背不動，還是讓妖怪去找他吧。」

萬小莉和 Yuki 來到樓梯間，萬小莉掏出了一顆白色他媽哥池，禮貌地請求：「殭爺爺，我想麻煩您幫我找到毛名並把他帶來三十三樓，可以嗎？作為回報我會請您吃 A4 和牛刺身。」

一把孩童般的電子音從他媽哥池傳出：「毛名那小子？老夫不喜歡他，不過既然是小莉你的請求，如果再加上 A5 和牛的話，老夫看在你份上答應吧。」

「A5 和牛喔……」萬小莉心中的天秤在搖擺不定，一邊是對丟下毛名的愧疚，另一邊是錢包。

最終還是愧疚佔了上風。

「好，就 A5 和牛。」

一股白煙從他媽哥池裡冒出，一個七八歲左右的男童隨即出現。男童老氣橫秋地叼著一支煙，耳朵尖尖的，皮膚如雪一般蒼白，唯獨幼嫩的臉頰紅得像兩顆蘋果，看起來既可愛又詭異。

Yuki看不見妖怪，卻能感覺到一股足以讓她寒毛直豎的壓迫感撲面而來，這種感覺似曾相識，正是午休時她在醫療室所感受到的力量。

殭爺爺吐出一口煙，對萬小莉和Yuki眨了單眼，接著往下層樓梯一躍而下，「咚」的一聲，已一下子跨過整層樓梯，消失在視線範圍裡。

Yuki聽得到對話，便好奇地問：「這就是你所說的，和妖怪的協議？」

萬小莉點點頭。

「不過這代價還真貴呢，A5和牛刺身啊。」Yuki感嘆地說，看到萬小莉苦惱地嘆著氣，她不禁覺得好笑。

「那A5和的錢由我來付吧，畢竟你們是來幫我的。」Yuki大方地說。

「這，不用了，怎麼好意思呢——」

「就這樣說定了。」Yuki不容置疑地說，為了不給對方拒絕的機會還立即轉移話題。「話說，你的朋友為什麼不能搭升降機？」

「嘛……因為那傢伙的體質很容易倒楣，如果坐升降機的話，十次有九次都會故障被困的。」

「那也太慘了吧？那他豈不是每天都要這樣爬樓梯出門？」

「所以他平日都不出門的，每天就宅在家裡當無業青年。」

「咦？他今年幾歲？都不用上學嗎？」

「十九歲，他當初一唸完十二年教育就沒再上過學了。」

此時，下層的樓梯間隱約傳來「咚、咚、咚」的響聲，漸漸地越來越清晰。

驀地，一個身形從樓下一躍來到兩人面前。

只見殭爺爺叼著煙，高舉著手，抬著比他高整整兩倍的毛名，神情輕鬆地把他放下來。

「現在的年輕人真垃圾。」殭爺爺用手指夾著香煙，一臉不屑地搖著頭說：「你猜這小子在哪一層倒下的？在三樓！這小子只爬了三層樓梯就已經不行了，真是的！」

「才……才不是……死老頭……明明是……三樓零十六……級樓梯……」毛名半死不活地說。

他臉色近乎灰白色，嘴唇發青，眼神散渙，如果不是還會說話，看起來就跟死人無異。

殭爺爺譏笑道：「那還不只是三樓嘛。」

「是三點五層！」毛名嘴硬地吼出聲，結果用力過猛咳嗽起來。

萬小荊一邊扶起毛名，一邊對男童恭敬地說：「辛苦你了，殭爺爺。」

「還是小荊你最乖，今晚記得幫老夫按摩一下腳。」殭爺爺笑瞇瞇地說，化作一圈白煙鑽回他媽哥池時，煙霧還擦過萬小荊白皙的大腿。

Yuki愣住了，這……算是性騷擾嗎？

而毛名則是低聲地罵了句：「好色死矮子……」

第七章
壓在身上的重量・三

Yuki 和萬小莉合力把毛名扶進屋子裡坐下，在喝了一罐 Yuki 遞來的凍可樂後，降溫之餘還補充了些糖分，毛名臉色才總算沒那麼像死屍。

「……謝謝。」毛名有些別扭地道謝。

「不用謝，畢竟你是來幫我的。」

Yuki 弟弟妹妹就讀的學校放學時間比她晚一小時，加上他們放學後會去補習，所以一般要等到七點半後才回到家。

待毛名休息了片刻，時間才六點十五分，趁著家人還未回來，Yuki 便帶著他們逐一查看所有房間。

Yuki 家住在嘉濤山莊一個三房一廳的單位，客廳不是常見的正正方方，而是呈鑽石型，空間三尖八角的，顯得空間感很小。從門口進來左邊靠牆擺放著沙發，而斜對面是電視櫃。至於飯廳由於空間窄小，飯桌是摺疊式的，左邊牆壁上掛著全家福。

全家福一看就是在影樓拍的，而毛名還注意到，照片裡並沒有 Yuki 的身影。

「走廊左手邊第一間房間是我弟的，右手邊是廁所，然後左手邊第二間就是我和我妹妹的房間，而走廊盡頭這間是我媽和 Uncle 的。」

「Uncle 是？」

「Uncle 是我媽再婚對象，我弟跟我妹和我是同母異父的。」

Yuki 帶著他們進了自己的房間。房間放著一張雙人上下格床，窗台被當成書櫃擺滿了書，右邊牆壁並排放著兩張書桌，而房門左邊有一個衣櫃。

房間面積本就不大，在勉強容納下兩個女孩生活的傢俱後，就僅餘一個活人可以平躺的空間。

這時，萬小莉注意到 Yuki 的書桌上有一個長得很詭異的洋娃娃，這娃娃和房間裡充滿少女感的佈置明顯格格不入，就算萬小莉沒有陰陽眼或靈異體質，都覺得這東西實在不尋常。

畢竟一般來說，沒有人會把一個比安娜貝爾更醜的娃娃放在桌子上吧？

Yuki 注意到萬小莉的視線，便一臉嫌棄地拿起那個醜娃娃，說：「這東西喔，是我的一個靈異愛好者朋友半年前給我的，據說會招來不乾淨的東西，但我一直感覺不到有什麼不對勁的，便覺得是假貨。」

毛名疑惑地問：「等等，我雖然沒有朋友，但送招鬼的東西給朋友是正常的嗎？」

「並沒有，我那個朋友是個怪胎，不能用正常人的行為邏輯來理解他的。」

「那……你為什麼要放在桌子上？」

Yuki臉上一紅，說：「反、反正是假貨，而且是他送我的，所以，所以——」

「但你不是很嫌棄嗎？這麼醜的東西，虧你會放在桌子上日對夜對——痛！」

萬小荊狠狠地踩了毛名一腳，然後捂住他的嘴，對Yuki笑道：「其實也不醜，看久了就覺得，嗯，怪可愛的。不過安全起見，還是交給我拿回去檢查一下吧。」

「你懷疑就是這娃娃害我鬼壓床的？可是我這半年來完全感應不到，總不會突然生效吧？」

「也不一定，總之我先拿去給父……給專業人士檢查看看，之後會原封不動還給你的。」

Yuki點點頭，把娃娃遞給她。

這時毛名已掙脫萬小荊的手掌，對她罵道：「你發什麼神經？」

萬小荊瞪了他一眼，壓低聲說：「閉嘴，你不說話沒有人當你是啞的。」

毛名摸不著頭腦地「吓？」了一聲，換來萬小荊的白眼。

「遲鈍。」

Yuki看著他們打打鬧鬧的，好奇地問：「你們兩個是什麼關係？」

兩人異口同聲地說：「死敵！」

「哦……」Yuki意味深長地看著他們，笑而不語。

他們把這三房兩廳裡裡外外都看了遍，還是見不到半個鬼影。

毛名的陰陽眼屬於被動技能，雖說所有鬼在他眼中就跟活人一樣，但就像活人躲起來會看不見，同樣道理如果鬼有心躲起來的話，就算有陰陽眼也是看不到。

在這個時候，就需要食氣鬼出場了。

毛名從背包掏出湛藍色雨傘，打開後喊了聲「出來，食氣鬼！」

Yuki等待了十幾秒卻始終什麼都感應不到，便不解地問：「咦？是我的靈感失靈了嗎？」

「你沒有失靈，因為牠根本沒有出來。」毛名說著，用力地搖晃雨傘，大喊：「出來！食氣鬼你現在鬧罷工是不是？」

在毛名激烈地搖晃下，雨傘傳來微弱的聲音：「老闆你別搖……傘子裡晃得像過山車似的，搖得我快吐了……」

「你是鬼來的，哪有東西可以吐？不想我繼續搖那就出來呀！」

「冤枉呀老闆，不是我不想出來，而是出不去，有某個東西在攔著我！」

「某個東西？」

「哦，難道是那道符？」

萬小莉這才記起自己剛才進門前，眼角尾光瞥見鐵閘外掛了一個鎮宅平安符吊墜。

三人再次來到屋外，只見那是一道摺成了三角形的平安符，裝在一個繫著紅繩的塑膠套裡。

萬小莉把平安符取出展開，稍微研究了一下這符咒後說：「確實是鎮宅平安符沒錯，而且符紙看起來蠻新的，朱砂也沒有褪色。」

Yuki聳聳肩，解釋道：「這是我媽求回來的，掛在門前很多久了，大概是她最近換了新的吧。不過我還以為這是神棍給的假貨，畢竟我都被鬼壓床。」

萬小莉也覺得奇怪，說：「既然能防得住食氣鬼，那說明這符咒是真有效用的……學姊，可以問問你媽媽這符咒是找哪一位師傅求的？」

「要問的話那恐怕要靠通靈了。」

「……咦？」

「因為我媽死了，就在上個月。」

Yuki 說得輕鬆平淡，萬小莉本想禮貌地回應一句「節哀順變」，但見對方的表情沒有半點哀傷，便不知道該不該說出口。

察覺到萬小莉的遲疑，Yuki 笑了笑說：「不用安慰我，我跟我媽之間沒什麼感情，甚至根本不熟，我是由我公公婆婆養大的。」

毛名倒是沒在意 Yuki 難不難過，他的重點完全放在「上個月」這句話上。

「你說你是什麼時候開始被鬼壓床的？」他問道。

Yuki 立即猜到他的意思。

「確實日期我已經不記得，但大概就在我媽死後的一兩個禮拜吧……你懷疑那隻鬼是我媽？」

毛名點了點頭，說：「鎮宅平安符只能阻擋外來的妖魔鬼怪，但如果是屋內住戶的鬼魂，那平安符是攔不住的。」

「那我要怎樣確定是不是我媽？還有她為什麼要壓著我？」

「那就要今晚才知道了。」

據 Yuki 所說，她和繼父還有弟弟妹妹之間的感情都不算好，而且繼父是個嚴厲的人，所以三人商議過後，最後決定乾脆瞞著他們，讓毛名和萬小荊偷偷躲起來，直到深夜才出來抓鬼。

於是也就有了毛名和萬小荊藏在衣櫃裡的一幕。

衣櫃內像桑拿房一般，兩人熱得汗如雨下，卻連氣也不敢多喘一聲，只得乾瞪著萬小荊手機上的數字，祈求時間快點過去。

終於，時間來到晚上 10 點，兩人聽到 Yuki 大聲喊道：「我要睡了！」

「咦？那麼早？你平常不是快 12 點才睡嗎？」妹妹疑惑地問。

「最近總是睡不好，醒來還是覺得累，所以想早點睡。」

「好吧……」

透過衣櫃門縫，毛名和萬小荊見到外面的燈光熄滅，接著是兩姊妹爬上床和互道晚安的聲音。

過了不知多久，聽到姊妹兩人都發出打鼾聲，他們才敢躡手躡腳地爬出衣櫃。

一出衣櫃，他們便以盡可能安靜的方式，爭先恐後地衝到冷氣機風口位面前，抬頭肆意地感受著涼風，兩人均有種來回地獄又折返人間的感動。

他們邊吹著冷氣，邊用手勢對話。

萬小荊指了指眼睛，而毛名搖搖頭，表示自己還是看不見半個鬼影。

房間的門縫還透著燈光，而且隱約傳來電視機的聲音，明顯 Yuki 的繼父還在客廳看電視。

突然，電視機的聲響戛然而止，隨即燈光也跟著熄掉，然後是一陣「吧嗒吧嗒」的拖鞋走動聲。

本來毛名和萬小莉並沒有在意，誰知房門忽然被「叩叩」的敲了兩聲，嚇得他們渾身一抖，心臟怦怦直跳，生怕自己被發現了。

幸好，房門沒有被打開，幾秒過後，「吧嗒吧嗒」聲便再次響起，然後主人房的方向傳來關門聲。

兩人鬆了口氣，互相打了個眼色，便一起盤腿坐在地上，屏息靜氣。

魂魄失去肉身後，其實就不完全靠眼睛來辨別事物，更多的是靠「氣」，尤其是活人身上的陽氣。屏息靜氣可以最大程度地減弱自己身上的陽氣，雖然無法完全在鬼魂面前隱身，但多少還是能減低存在感。

他們就這樣安靜地打坐，慢慢地放空神識，屏蔽思緒，讓官感變得更為敏銳。

除了鼻鼾聲和冷氣運作的「嗡嗡」聲，周遭一片寂靜。

不知過了多久，毛名和萬小莉都不約而合地抬頭，對視一眼。

……總感覺有點不對勁。

毛名努力集中精神，眼觀六路，生怕錯過了什麼。

倏地，一顆半透明的頭緩緩地從衣櫃門板上浮現。

先是五官。

再來是整張臉。

接著是整個頭顱。

毛名第一時間已經發現了，但為免打草驚蛇，便保持著打坐姿勢，只是微微地對萬小莉比劃一下手指，指向衣櫃。

萬小莉什麼也看不見，但她立刻便明白毛名意思。只見她雙手一翻，十條紅線便憑空出現在手上，線頭分別纏繞著十根手指。

衣櫃上的人影已浮現出大半個身影，毛名看準時機，喊道：「就是現在！」與此同時，十條紅線交纏成一張網，一下子便把衣櫃罩住。

那人影一驚，隨即便想轉身逃走。

但萬小莉的速度比「牠」更快，她心念一動，手指一勾，紅線便無限地伸長蔓延，如蛇一般迅速糾纏住那半個人影，把「牠」五花大綁起來。

毛名走上前，一看見人影的臉，便皺起眉。

萬小莉只能看見紅線把某樣隱形的東西捆綁起來，自然不知道毛名在思考什麼，便小聲地問：「怎樣？到底是不是學姊媽媽？要不要拿客廳的全家福對照一下？」

毛名一聽，恍然大悟。

毛名的陰陽眼比較特殊，他是看不見生和死之間的界線，換言之所有鬼魂在他眼中都和活人一樣是有實體的，差別只在於鬼怪一般都長得奇奇怪怪。

但此刻被紅線綁住的人影卻是半透明的。

而他們先前一直猜測會不會是 Yuki 的母親回魂，所以才不受鎮宅平安符所擋，但眼前的人影，分明是個中年男人。

直到萬小莉提起全家福，毛名便瞬間想明白了。

第八章
壓在身上的重量・尾聲

毛名示意萬小莉跟著他，兩人來到主人房，他肆無忌憚地打開了燈，房間內的一切頓時一目了然。

只見床頭櫃上擺放著一個香爐，嫋嫋升起著白煙，而床上有一個中年男人正打坐著，神情平靜，呼吸微弱。

長相和 Yuki 房間裡的靈體一模一樣。

萬小莉一看，便明白了。

本以為是靈異事件，原來是性騷擾事件。

焚香冥想，其實就跟他們剛才屏息靜氣一樣，是修煉神識的入門功課。但除了可以隱蔽氣息和陽氣，冥想還有別的用途，其中之一就是可以達到靈魂出竅的作用。

不過靈魂出竅的限制很多，例如不能距離肉身太遠，不能出竅太久，而且要慎防肉身被其他遊魂野鬼侵佔奪舍等等。

「閘門上的鎮宅符，或許是 Yuki 的繼父給她媽媽的，又或者是他掛上去，目的不是為了保佑這個家，而是防止自己靈魂出竅時不被其他靈體佔據肉身。」

毛名說著，轉身望向門口右手邊的牆壁，上面貼了一道符，而這一面牆剛好正是 Yuki 房間衣櫃的位置。

兩人對視一眼，雖然總算破解出真相，可接下來才是煩惱的時候。

「那……我們該怎麼辦？」

首先，被人用靈魂出竅來性騷擾，這種事肯定不能報警，根本不會有人信。而要是把靈魂帶走，那肉身再過不久就會死亡，這麼一來就變成是他們犯了殺孽。

但，也不能放著不管。

「要不，我放一隻小鬼在這裡看守著這禽獸，然後把真相告訴 Yuki，讓她以後多加提防她繼父？」毛名提議道。

「不行，讓受害人知道自己被性騷擾，還要繼續和加害者住在一起，這已經是一種傷害。而且也不知道她的繼父從哪裡學會靈魂出竅，還有在哪裡求到平安符，如果他之後找人驅走了你的小鬼呢？」

萬小莉作為女性，將心比心，要是知道自己每晚都被人上下其手輕薄，肯定會覺得噁心。更何況這個人還是 Yuki 的繼父，儘管她看起來和繼父之間沒什麼感情，但一旦知道他的真面目，誰還受得了和一個色魔住在同一屋簷下？

學姊只是個中學生，要是離家出走，她又能去哪裡？

「所以……你希望能不讓Yuki知道繼父獸行為前提，來解決這件事？」

萬小莉點點頭，說：「對。」

毛名沉思了片刻後，才說道：「我有一個想法，可是不太人道——」

他說完後，萬小莉握住了他的手。

不是用捉的方式，而是牽起他的手，雙手緊握著。

毛名立即明白了她的意思。

「從道德來說，這方法是有問題的。」他說。

「我知道。」

「這件事要是被你父母知道，說不定會被逐出家門。」

「我知道。」

「我可能是錯的。」

「如果是錯的話，那我就是共犯。」萬小莉眼神堅定地回答。

這個晚上，Yuki久違地睡得很安穩，直到鬧鐘響起，她才打著呵欠睜開眼睛。

沒有千斤重物壓身，也沒有渾身痠痛，而且連日來的疲倦感一掃而空。

她按停了鬧鐘，容光煥發地伸了一下懶腰，感覺自己精神了許多。突然，她想起了昨晚的事，趕緊爬下床，連拖鞋也顧不上穿，急忙打開衣櫃門。

衣櫃裡只剩下厚厚的大衣，完全不見半個人影。

妹妹從床上坐起身，揉著眼睛睡眼惺忪地問：「姐，你熱壞了腦？大熱天時你找冬天衣服幹嘛？」

Yuki 沒有理會妹妹，只是默不作聲地關上櫃門，心裡鬆了一口氣。

他們……大概已經回去了吧。

Yuki 換上了校服，正準備到浴室梳洗時，卻見到毛名和萬小莉坐在客廳餐桌前。

「咦？你們為什麼會在這裡？」Yuki 驚訝地問。

萬小莉一臉尷尬地開口：「呃……這個嘛……我們……」

正當萬小莉支支吾吾地解釋時，廚房響起一把熟悉的嗓音說道：「玄乾你醒了？今天早上我在門口遇見你的同學，他們來接你上學，我就邀請他們進來了。」

看來是萬小莉他們逃跑時剛好遇到準備出門晨運的 Uncle，唯有撒謊說是來找自己？是 Uncle 的聲音。

Yuki 在他們身邊坐下，壓低聲音問：「如何？」

「那個……說來話長……呃……」

毛名在一旁似乎看不下去，便打斷了萬小莉的話。

「事件解決了，拿著。」

他遞給 Yuki 一把小巧的縮骨傘，是那種能放進女人手袋的大小，傘子被人用尼龍繩捆綁了一圈又一圈的，像個粽子似的。

「這是？」

「壓住你的鬼。」

「是我媽？」

「不是。」

「咦？但你們不是說門口掛了平安符，一般鬼是進不來嗎？」

毛名一聽，立即把視線投向萬小莉。

見毛名把球拋給自己，萬小莉只好慌張接住，說道：「其實，其實，其實——是你桌子上的鬼娃娃！」

「咦？」

「有些物品初時感覺無害，但其實有聚陰的屬性，也會改變地方的磁場，時間一長，就自然會聚積一些不乾淨的東西。」

「是這樣嗎？」

「是的。」

Yuki有點半信半疑，不過自己昨晚確實睡了一場好覺，而且他們是義務幫自己，沒道理說謊，便姑且相信了萬小莉的話。

「早餐來囉！」

這時，Yuki繼父走出廚房，手上捧著豐盛的早餐，有塗著牛油成金黃色的多士，有夾雜著火腿絲的奄列，有烤得香脆的芝士腸，還有淋上蜜糖的鬆餅。

Yuki目瞪口呆地望著眼前擺滿一桌的早餐，不只如此，就連梳洗完畢來到客廳的弟弟妹妹，也同樣愣住了。

「爸，你……中了六合彩？要發達了？不然為什麼突然轉死性？」

「不對，老爸你平日裡明明只有在拿啤酒喝時才會進廚房，你什麼時候學會煮早餐的？」

繼父溫柔地摸了摸孩子們的頭，輕描淡寫地說道：「煮早餐這麼簡單的事，只要有心學就自然學會。」

眼前的繼父實在過於陌生，Yuki呆滯了好幾秒才反應過來，小聲地問萬小荊和毛名：「你們幫我看看Uncle是不是撞邪了？還是被附身？他完全是變了個人耶！」

對此，萬小荊立即移開視線，而毛名則是皮笑肉不笑地「呵呵」了兩聲。

兩人都沒有回答。

帶著滿腔疑惑，Yuki和萬小荊在吃完早餐後便一起上學。

一踏進輕鐵車廂，Yuki已瞧見有同校的學生，便下意識和萬小荊保持著距離。

途中，一夜無眠的萬小荊實在控制不住沉重的眼皮，偏偏車廂裡已經沒有座位，於是她只好緊緊抓住扶手柱。

Yuki還是第一次見識到原來人在打瞌睡時，腳還是能站立的。

隨著車廂的晃動，萬小荊的身體一直東歪西倒的，看起來岌岌可危。終於，在萬小荊第N次撞到旁人時，Yuki實在看不過眼，便上前拉住萬小荊，讓她靠在自己身上。

萬小荊睜了睜眼睛，半睡半醒地對她露出笑容道謝，然後便一副放心了的表情地依靠著她。

一時間，Yuki 有些感觸。

她和這個學妹只認識了不夠一天，但已經讓她去了自己家，一起吃了早餐，還一起上學，這樣……應該可以稱得上是朋友了吧？

自從升上中學之後，她就再也沒有交過朋友，會一起上學放學的就只有歷來的交往對象。

她早已習慣和女生為敵，但……能夠有一個同性朋友，感覺似乎，也不錯。

而這個時候，在 Yuki 的家中，她的弟弟妹妹都已經上學了，只剩下毛名和 Yuki 的「繼父」。

還有桌上那把像粽子一般的縮骨傘。

「不好意思，直傘是留給我的員工，所以就只能讓你屈就在縮骨傘裡。我知道，空間是有點窄小，但畢竟香港寸金尺土，你能夠有地方住就已經很不錯了。」

毛名一邊打著呵欠，一邊懶洋洋地對縮骨傘說道。

而身旁的「繼父」直立身體，雙腳並攏，雙手在身前交疊，一副恭恭敬敬的模樣。

「私刑？嘛，這一點我並不否認。我從來都不覺得自己是正義的伙伴，我做的事也許是錯的，但老實說，我不在乎。我不在乎人間或陰間的法律，我只走我自己的正道。」

說罷，毛名起身準備離去。

臨走前，他向「繼父」吩咐道：「你身上雖然有護身符保護，但記得還是要盡量避關帝、避陽光、避土地公，萬小荊會每隔兩星期來幫你換新符籙的。」

「好的，老闆。」

「還有，出門別忘記帶縮骨傘。」

「是的，老闆。」

後來，Yuki 發現繼父房間不知何時多了一個上鎖的抽屜。

有時候，Yuki 會隱約聽到一些「叩叩」聲，還有一兩次看到抽屜在微微顫抖，彷彿是在什麼東西在裡往外擊打著。

她暗中觀察了一陣子，發現繼父每天回到家後，總會從公事包裡拿出某件東西放進去，然後仔細上好鎖。

有一次，Yuki 忍不住偷到鎖匙，想打開來一看究竟時，Uncle 卻突然出現在身後，拿走了鎖匙。

不過 Uncle 並沒有生氣，只是溫柔地摸了摸她的頭，笑著說裡面有些危險物品，叫她以後要小心，別靠近。

對此，Yuki 心裡的疑問就更多了。

但最終，她還是聽話地點了點頭。

她有種感覺，有些事情還是不知為妙。

要是她當時堅持把抽屜打開的話，就會看到那把綁得像粽子的縮骨傘，還有聽到一把微弱而又熟悉的聲音從裡面傳出——

「放我出去！把身體還給我！」

第九章 倒楣體質和絶緣體質

在曹公潭和鬼壓床事件完結後，某個風和日麗的下午，毛名正在床上呼呼大睡。

窗外已日上三竿，正是學生和上班族努力上課或工作的時間，而毛名卻可以優哉悠哉的睡到自然醒。

還真是讓人羡慕的傢伙。

從衣櫃裡鑽出來的黑貓一見到毛名的睡相，頓時覺得他很礙眼，無所事事是貓的特權，憑什麼這小鬼過得比自己還悠閒。

黑貓跳上床打算叫醒他，不過這次牠沒有在床頭從天而降，而是踏著囂張的步伐踩上毛名的肚皮，然後一屁股坐在他的胸腔上。

「嗚！」

毛名感到肚子一痛，接著胸口一悶，便朦朦朧朧地睜開眼睛。

只見一張血盆大口映入眼簾，似乎一旦合上就會咬到他的鼻子。

毛名嚇了一跳，定睛一看，才發現是黑貓湊近了他的臉，懶洋洋地打著呵欠。

「喵——」

「喵你個頭！滾開！」

黑貓聞言，瞇起眼睛，接著用毛名的胸膛借力一蹬跳上床頭板，痛得毛名齜牙咧嘴的在床上打滾。

牠洋洋得意的豎起尾巴，然後又跳回床上，伸展著四肢躺下，光明正大地鵲巢鳩佔了毛名原本的位置。

毛名一邊咒罵著，一邊揉著胸口從床上起身。他先是瞥了一眼衣櫃，見到櫃門緊閉，便知道黑貓不是為了任務而叫醒自己。

該死的貓！

被牠如此一鬧後，毛名已無意再睡，而且剛好肚子也有點餓了，於是便乾脆起床，揉著眼睛來到客廳。

客廳裡空無一人，餐桌上擺放著用保鮮紙包好的食物，是一碟早已冷掉的火腿奄列和牛油多士，還有一包變成室溫的紙包檸檬茶。

但毛名並沒有用微波爐重新加熱食物，也沒有去雪櫃換一包冷凍的檸檬茶，而是拿起已經軟趴趴的烘多士，直接咬下去。

因為他無法觸碰任何機械或電器。

以毛名的倒楣體質，所有被他使用過的電器十有八九都會壞掉。例如雪櫃會莫名其妙罷工，微波爐會在沒有加熱雞蛋的情況下突然爆炸。

所以毛名平日除了盡量宅在家裡外，他還不能碰電視搖控，只能等家裡有人時幫他開；不能碰電腦，無聊時只能看漫畫；不能煮東西吃，就連泡麵也不能，只能吃別人做好給他的食物。

簡單來說，毛名就個生活不能自理的「廢」青。

毛名吃了幾口多士，感覺客廳有點悶熱，抬頭一看才發現室友臨走前並沒有幫他開冷氣。

大熱天不開冷氣根本活不下去。

他房間裡的冷氣倒是一直長開著的，問題是黑貓現在霸佔著他的床，毛名不想回房間跟牠大眼瞪小眼。

思考了幾秒後，毛名來到門口，從雨傘筒內抽出一把灰色雨傘，打開後喊道：「出來，宅鬼！」

一隻皮膚灰白色的鬼從雨傘冒出來，長著一對死魚眼，眼窩深陷，雙目無神。牠駝著背，沒精打采地問：「老闆……找我有事？」

「吹些陰風出來，我快熱死了。」

「……老闆，這種事你找食氣鬼吧，牠比較擅長。」

「牠是食氣鬼不是吹氣鬼！」

「不然找水鬼幫你？」

「我要的是冷氣！找水鬼幹嗎？！」

宅鬼聳聳肩，說：「幫你潑冷水消暑？」

毛名壓抑住讓宅鬼永不超生的衝動，開始跟牠談條件。

「別那麼多廢話，一根香，幹不幹？」

「……要不，你多找一隻鬼跟我搭擋？」

「只是讓你吹一下陰風都要搭檔？好讓你趁機偷懶？到底幹還是不幹？」

宅鬼這才不情願地說：「……好吧。」

牠收下毛名點燃的香，慢吞吞地飄到毛名身邊，然後一口接一口的吹著，客廳頓時變得陰風陣陣。

毛名起初還享受著涼意，可漸漸便感到不對勁，他所感受到的冷，是從骨子裡冒出的寒氣，名副其實的「毛骨悚然」，讓他冷得牙齒打顫，渾身起了雞皮疙瘩。

「喂！太冷了！溫度要調高一點！」

「老闆，我沒有這個功能。」

「那可以不要弄得如此毛骨悚然嗎？你就不能正常地吹吹風？」

「我是鬼，鬼吹出來就只有陰氣。」

「乞嚏！算了！別再吹了！」

宅鬼停止了吹氣，客廳才總算回復正常體溫，但毛名的手腳依然冰冷，他不停地揉搓著手臂，說道：「宅鬼，還是幫我倒一杯熱水吧。」

「老闆，我要下班了。」

「什麼？！」

「我已經完成工作啦。」

「我再加一根香！」

「要加班的話就不了，而且這種事不是我負責的。」

話音剛落，宅鬼已自行鑽回雨傘裡，氣得毛名把雨傘摔在地上，還踩了兩腳。

這年頭真是妹仔大過主人婆，連鬼也會罷工！

眼見自家員工無能，身為老闆的毛名只好自己翻出冬天才會穿的外套，把自己包裹得嚴嚴實實。

此時，客廳響起了電話鈴聲。

因為毛名沒有手機的關係，所以家裡安裝的是有留言功能的家居電話，在響了幾聲沒人接聽的話，就會開始播放口訊。

在「嗶」的一聲後，萬小莉的聲音在客廳裡響起：「喂？毛名，我剛剛放學，會帶兩個……嗯……朋友去你家，詳情就等見到面再說。對了，明珠說他會晚一點回來，所以晚餐我會負責買的，就這樣，拜拜。」

那傢伙的朋友？是上次那個學姊嗎？

而且她帶朋友來他家幹嗎？為什麼不是帶去她自己家？

沒過多久，門外響起鎖匙轉動聲。

萬小莉帶著兩人進入屋內，的確如毛名所意料，萬小莉所說的朋友正是上次見過面的Yuki，而另外一人卻是個陌生的少年。

甚至連萬小莉也是今天才認識他。

經Yuki介紹，毛名才知道這人就是送她鬼娃娃的那位青梅竹馬，潘少衝。

毛名對這人的第一個印象，就是覺得他長著一張少年漫畫主角臉。

何謂少年漫畫主角臉？

那就是和毛名完全相反的長相，濃眉大眼，身形結實，一身健康膚色，一頭乾淨俐落的短髮，渾身充滿朝氣，活像一顆小太陽似的。

毛名第一眼見到他，已直覺自己和這個人八字不合。

而潘少衝一見到毛名，便立刻來了個九十度鞠躬，還大聲喊道：「大師您好！請大師多多指教！」

毛名被他嚇了一跳，愣了幾秒後才反應過來。

「大、大師？」

「聽 Yuki 說，大師你幫她解決了鬼壓床，所以小弟冒昧前來找大師指點迷津！」潘少衝恭敬地說。

而 Yuki 雙手捧著一袋壽司外賣，也跟著微微彎腰，說道：「不好意思，打擾你了，這是小小心意，不成敬意。」

搞什麼鬼？

萬小莉在一旁強忍著笑，最終還是忍俊不禁的笑出聲，對毛名說道：「他希望你收他為徒。」

毛名立即惡狠狠的瞪著萬小莉，但鑑於有外人在場，於是便扯出一副皮笑肉不笑的表情，問：「萬小莉！你是不是該解釋一下？到底發生什麼事？」

萬小莉先是退後幾步，和毛名保持著距離，然後說道：「他想拜你為師，而我只是答應把你介紹給他，其他事我並沒有答應喔！」

Yuki在旁邊觀言察色，注意到毛名不怎麼高興，便主動解釋清楚：「是這樣的，我今天放學時去找小莉，原本我只是想把潘少衝介紹給她認識，後來小莉就提出不如也介紹給你，然後就帶著我們來到了。」

潘少衝後知後覺的感覺到氣氛不對勁，也跟著解釋道：「那個，拜師一事是我提出的！因為Yuki說你們很厲害，所以才想拜你為師的！」

而萬小莉默默地移開視線，不去看毛名的臉。

毛名哼了一聲，他很了解萬小莉，那傢伙就跟自己一樣是妥妥的一人，她肯定是一聽到有人要拜師就手足無措，情急之下就把自己拖下水。

但事已至此，他嘆了口氣，無奈地說：「你要是想正正經經學藝，那我幫不了你。老實告訴你，我就只是個會些邪門技倆的左道士。」

「不要緊！我也不是想學道法！」

聞言，毛名倒有些好奇，便問道：「那你為什麼想拜師？」

潘少衝頓時來了勁，雙手握拳，興奮地說：「因為我想看見鬼！」

「吓？」

「我從小到大都很喜歡超自然，所以希望有朝一日可以親眼看見鬼！」

「那很簡單呀。」

「真的？！請大師指教！」

對於潘少衡那雙閃閃發光的眼睛，毛名只覺得渾身不自在。

他別過臉去，盡量不和對方有眼神接觸，說道：「很簡單，人的磁場是會受到環境影響，你多去幾次靈探，遲早就會影響到你的磁場，也就是所謂的時運低。等到你的磁場改變了，自然就會引鬼纏身，到時那些鬼怪就會想方設法嚇你，好讓你精神錯亂，牠們就能吸取你的精氣和氣運……不過你到時就可以看見鬼魂了。」

毛名說完後，才發現潘少衡一改剛才陽光開朗的模樣，變成一副生無可戀的絕望表情。

「怎、怎麼了？我說錯了什麼？」

「沒什麼，只是大師您說的方法，我早就試過了，嗚嗚嗚嗚……」

「你、你哭什麼？」

見潘少衡居然哭了起來，嚇得毛名手忙腳亂地去拿紙巾。而 Yuki 卻冷靜地搶先一步遞了包 Tempo 給他，彷佛早已有所準備。

潘少衡一邊解紙巾擤著鼻涕，一邊說：「大師您有所不知，我從小到大玩遍了所有靈異遊戲，走遍香港的靈探地點，什麼鬼節禁忌我也通通嘗試過，但依然沒有半點感覺！」

「這……」

「我試過去拜陰廟，但我每次去到都遇上維修！還有，上年學校裡流傳一段錄音，據說是在廁所裡錄到鬼叫聲，但偏偏傳給我時那段錄音就會失靈，我就算借同學的電腦試著打開，結果都是一樣！總之，上天就像是有心不讓我接觸到任何和靈異相關的東西！」

這……也太強了吧？

聽起來就像有金鐘罩護體一樣，會把所有妖魔鬼怪自動擋開。

「毛名，你不如放一隻鬼出來試試？」萬小荊提議道。

毛名也很好奇，於是便舉起灰色雨傘。

「宅鬼出來！」

宅鬼再次出現，說：「老闆，都說了這種事我不負責。」

毛名被氣笑了。

「你都沒聽工作內容就說不是你負責？」

「那……今天是我生忌，我不加班。」

「你上個禮拜明明也說過是生忌，你一個月內過兩次生日？」

「我記錯了，是死忌才對。」

「我管你生忌死忌！你再偷懶那以後就算死忌也照樣要開工！不能請假！」

宅鬼見毛名真的動怒了，才死氣沉沉地說：「好吧，老闆有什麼吩咐？」

「吹點陰風出來。」

「又來？」

「要你管！快吹！」

其餘三人之中就只有Yuki聽得見宅鬼說話，還有感覺到鬼出現後客廳的氣場有所變化，而萬小荊和潘少衝就只看到毛名在對著空氣講話。

但在宅鬼吹出陣陣陰氣後，就連萬小荊都漸漸感覺得到那股不尋常的寒意。

就只有潘少衝一無所覺。

兩個女孩都不約而同地開始打著噴嚏，乞嚏聲此起彼落，而潘少衝一副狀況外的模樣，完全不受影響，反而疑惑地看著她們，問道：「咦？你們很冷嗎？可是客廳沒開冷氣呀！」

一旁的毛名早有準備，他用外套將自己捂得緊緊的，把手腳都縮進外套裡，只露出一雙眼睛。見測試結果已經達到，他便用冷得發抖的聲音喊道：「夠了，宅鬼！」

一聽到夠鐘下班，宅鬼便二話不說一溜煙的鑽回雨傘裡，萬小荊和 Yuki 也總算停止打噴嚏。

「看來你真是百年難得一見的超硬八字。」毛名說。

「什麼意思？」

「就像有些人的體質會特別容易招惹鬼魂，而有些人則是天生八字超正，以你的情況看來，似乎是百年難得一遇的靈異絕緣體。」

「那有方法解決嗎？」

「我不知道，畢竟一般來說只有容易惹鬼的人才會想改變體質。」

「多浪費呀！我也想要這種體質！為什麼上天這樣不公平？不想見鬼的人就見得到，而我想見卻偏偏見不到！」

看到潘少衛一臉失望，萬小荊提出另一個建議。

「要不找黑貓試試看？」

「黑貓？」

「對，那是一隻被地府陰差附身的貓，牠不是鬼，而且是附身，說不定你能看到黑貓的肉身。」

潘少衛一聽雙眼立即重現光芒，他滿臉期待的望著毛名，只差沒像小狗一般搖頭擺尾，看得毛名明明不覺得冷，卻還是起了一身雞皮疙瘩。

Yuki 心思細密，適時地從壽司外賣裡掏出秘密武器，捧到毛名面對說道：「聽萬小莉說你喜歡吃三文魚籽，請笑納！」

她手上捧著的是一碗丼飯，上面滿滿的都是晶瑩剔透，圓潤飽滿的三文魚籽，在燈光下如同一顆顆橙黃的珍珠。

毛名吞了一下口水。

該死的萬小莉……居然用這一招！

等毛名反應過來時，他的雙手已不受控制的接過丼飯，也只好生硬的別過臉，不情願地說道：「……在我房間裡，走廊盡頭的房間。」

「謝謝大師！」

得到毛名的批准，潘少衝便急不及待的去找黑貓，Yuki 跟在他身後。

而萬小莉為免被毛名責怪，也連忙跟上去。

可是房間裡卻根本不見黑貓的蹤影。

潘少衝垂頭喪氣的說：「我果然還是看不見……」

「不對，我也看不見，說不定牠只是躲起來。」Yuki 說道。

「我找找看吧。」萬小莉說。

毛名的房間堆滿了漫畫，準確來說他的房間裡除了床和衣櫃之外，放眼望去全都是漫畫，就連地板上都會放滿了漫畫，像層層疊一般，稍一不注意的話就會引發骨牌效應。

Yuki 和潘少衝都不太敢在毛名的房間裡移動，就只有萬小莉能熟練地在書堆之中穿梭，尋找著黑貓的蹤影。

這時，潘少衡注意到衣櫃的櫃門微微晃動，似乎被推開了些，他精神一振，一邊上前打開櫃門，一邊高興地喊道：「找到黑貓了！在衣櫃——」

話還未說完，只見衣櫃裡哪有什麼黑貓？

出現在潘少衡面前的，是一張他這輩子見過最漂亮的臉，帶著一絲腐爛的腥味，雪白的皮膚上沾染了些血跡，看起來觸目驚心。

潘少衡嚇了一跳，大喊道：「鬼呀！！！！」

第十章 下人雨

魏明珠是毛名的室友。

毛名身為一個家裡蹲的廢青，之所以能活下去不餓死或窮死，就是全靠他這位室友。

兩人住的房子是他們的師父留下的，再加上魏明珠的工作雖然不固定，但報酬頗高，因此即使只靠他一個人的薪水，還是足夠兩人過活。

今天魏明珠一早便接到工作電話，他飛快地為毛名準備好早餐，然後便出門了。

直到乘坐上同事來接他的車子後，他才想起自己沒有為毛名開冷氣。

他在車子裡「呀！」了一聲，一副憂心忡忡的樣子，同事羅記便好奇的問道：「怎麼了？」

「突然想起出門前忘了很重要的事。」

「忘了帶錢包？」

「不是。」

「忘了帶手機？」

「不是。」

「該不會是忘記鎖門吧？」

「唉，比這嚴重多了。」

嚴重多了？！

羅記開始腦補各種可能性，是忘了關火？忘記關水喉？還是家裡養了寵物然後忘記關窗？

魏明珠明顯不打算解釋，只是唉聲嘆氣著。

希望毛名千萬別熱壞身體。

他坐在車子的後座，而羅記擔任著司機，而副駕的位置坐著一位第一天上班的新同事。

新同事從魏明珠上車後，已不斷透過倒後鏡偷瞄著他，見到他愁眉苦臉的樣子，便忍不住問：「不要緊吧？要不要送妳回家？」

魏明珠瞇起眼，客氣地笑道：「不用了，謝謝關心。」

新同事還不死心，繼續搭訕。

「像你這麼漂亮的女孩子，為什麼要從事這種工作？是很缺錢嗎？」

女孩子？

羅記差點笑出聲，唯有咬住嘴唇極力忍住。

魏明珠今年二十三歲，長相陰柔纖細，臉蛋白裡透紅，一雙桃花眼清澈空靈，笑起來時十分明媚動人。無論任何人見到他的第一眼，都會讚嘆他的美貌。

但他是男的。

魏明珠並沒有澄清，只是微笑著說出模稜兩可的回答：「算是吧。」

在話題終結這方面，魏明珠絕對是個高手。

就算新同事如何滔滔不絕的糾纏，他始終保持著淺淺的笑容，回應的方式一句起兩句止，四兩撥千斤。

可惜對方並不是個怕尷尬的人，一路上不斷尋找著話題，就連到達工作地點，大家在穿上防護服時，他還是沒有停止過和這位「美女」同事聊天。

直到見到工作場所，這位新同事的嘴巴才終於從說話變成嘔吐。

羅記早有準備，他熟練地遞上嘔吐袋並安慰道：「放心，第一次會嘔很正常。」

面對眼前的景象，在場就只有魏明珠能完全面不改色。

他們身在康美花園D座三十一樓，從踏出升降機門時，空氣中已經隱約瀰漫著一股酸臭的味道，有點像是在盛夏時經過垃圾房的酸餿味，也像無數種壞掉的爛肉混合在一起的腐臭，只是在當中還夾雜著一絲詭異的甜味。

等到委託這次工作的客人打開了某個單位的大門時，臭味更是撲面而來。

縱使眾人都戴著面罩，腐臭仍然能狡猾地鑽進面罩與肌膚之間的縫隙，直衝鼻腔。

伴隨刺鼻的臭味，是數十隻撲面而來的蒼蠅。

新同事在一旁扶著牆壁嘔吐著，而客人一邊用手隔著口罩緊緊捏住鼻子，一邊揮趕著蒼蠅，說道：「這個租客死在睡房十天才被發現，因為聯絡不到家屬，所以遺物什麼的你們自己看著辦吧。還有，這傢伙偷偷養了狗，現在那隻狗已經被弄走了，但留下一堆屎尿，你們記得要清乾淨。」

羅記連忙陪笑答應。

「對了，警察還說過，那隻狗吃了屍體的一部份，應該不影響吧？」

新同事的作嘔聲變得更加大了。

魏明珠並不關心客人所提供的資訊，他自顧自的率先走進屋內，開始逐一走進所有房間裡，上下打量一番。

新同事把胃裡的東西都嘔乾淨，實在沒東西可吐後，才咬咬牙作好心理準備。他鼓起勇氣踏入單位裡，只見室內光線昏暗得很，因為單位的位置日照不足，而客廳只有一盞燈，即使開了也沒辦法完全照亮屋內。

羅記已從事這行業多年，這次的案子並不是他所見過最骯亂的，至少死者並沒有囤積症。但他生前明顯不怎麼打掃，地板和傢俱全都鋪滿了狗毛、糞便和灰塵，生活物品擺放得雜亂無章。

而且死者可能在死前已經足不出戶一段時間，因為屋子裡到處都能看見吃完未丟的外賣飯盒。

望著眼前的景象，彷彿能窺探到死者的最後時光。

一道帶著拖拉痕跡的血跡從睡房延伸至門口，應該是醫護人員帶走遺體時所留下的，看起來就像是死者走過的最後一段路。

新同事有點感慨地說：「真可憐呢，是自然死亡嗎？」

羅記一邊張羅著清潔工具，一邊平淡地說道：「不是，是自殺。既然你今天是第一次來，那就先學學怎樣整理遺物吧，清潔方面由我和明珠來。」

新同事應了一聲「好」，這時他才發現魏明珠正在客廳裡到處張望著，像是在尋找什麼。

他以為魏明珠在找死亡現場，便說道：「遺體是在睡房發現的喔。」

魏明珠並沒有理會他，而羅記則是習以為常地說：「不用管他，明珠是在尋找死者，既然死了十天，那應該已經回來了。」

「回、回來？回什麼來？」

「回魂呀！魏明珠是那種看得見的人。」

「假的吧？！你別嚇我！」

「是真的。」魏明珠不知什麼時候已經來到他面前，笑瞇瞇地說。

不過魏明珠的視線並沒有注視他，是越過他的肩膀，望著他身後……

「嘩！！！！！」

新同事被嚇得慘叫一聲，連忙回頭，雙手合十胡亂地鞠躬，嘴巴唸唸有詞道：「有怪莫怪！有怪莫怪！我們可不是擅闖民居而是來清潔打掃，你大人有大量別怪責我們呀！」

羅記拍了拍新同事肩頭安慰他，然後問魏明珠：「沒問題嗎？」

「嘛，他並不知道自己已經死了，暫時沒有害的……應該。」

說話期間，魏明珠的頭一直在緩緩地轉動，從左至右，又從右至左，彷彿在注視著某個移動中的東西。半晌，他的視線停在新同事身上。

然後微微一笑。

新同事瞬間被嚇得毛骨悚然，在他眼中，魏明珠漂亮的臉蛋此刻看起來詭異極了。

在經過簡單的拜祭儀式後，羅記先是用特殊的消毒液對屋內進行霧化消毒，然後就開始收拾雜物，還有清理狗的排洩物。

花了一小時左右，三人把瑣碎的雜物和垃圾分類，由新同事負責整理，而羅記和魏明珠則著手清潔。

死者是在床上死亡，由於天氣炎熱，遺體在被人帶走時肌肉和內臟都已嚴重腐壞液化。人在死後消化系統中的細菌和真菌會分解細胞內蛋白質，使得人體組織開始崩解。

而死者身體所分解出的液體除了在床褥留下一個血色的人形外，還一滴一滴的落在地上，匯聚成一大片深褐色的血泊。

羅記和魏明珠兩人在悶熱的房間裡，汗流浹背的清除著地上黏糊糊的分解液，還需要忍受著蒼蠅在身邊亂舞。

因為血液已穿過木地板縫隙滲透到水泥地面，等到他們大費周章的拆掉木地板，清洗並打磨過地面後，已經接近黃昏了。

在這種天氣下工作了接近五個小時，羅記早已精疲力盡，而除了肉體上的疲憊，還有精神上的倦意。清理命案現場，就像是在抹去一個人在世界上所殘留的最後痕跡，即使已從業多年，每次工作結束時望著空蕩蕩的屋子，羅記心中總會湧現出一種傷感之情。

畢竟人非草木。

不過，有一個人不論精神和肉體都沒有受到影響，那個人就是魏明珠。

儘管他也熱出一身汗，神情卻沒有半點倦意，臉上始終保持著微笑。

羅記還記得魏明珠當年第一次開工時，已經能面不改容地進行清潔，就算面對再臭再噁心的環境，他都能保持平靜，彷彿視一切污穢如無物。

他永遠都能冷靜地執行所有工作，就像一台最漂亮最優秀的機械人。

冷靜得可怕。

作為同事，羅記喜歡和他搭檔工作，但作為一個人的話，羅記並不想和他來往，亦無意了解那禮貌的微笑下，到底在想什麼。

在他們搬著東西上車時，魏明珠注意到大堂的告示板上張貼著一份住戶及訪客規則，他閱讀完後，表情若有所思。

「怎麼了？」羅記問。

魏明珠指著規則。

正當羅記湊上前想查看時，突然聽到一聲「砰！」的巨響。

「咦？撞車嗎？」

羅記以為是發生了車禍，趕緊跑出大堂來到馬路旁邊，卻見一切風平浪靜，所有途人都是一臉平靜的走過，完全找不到任何異常。

「奇怪了，剛剛的聲音是怎麼一回事？」

相比羅記的慌張，魏明珠則慢悠悠地走出大堂，然後望著大堂對出的花槽。

在他眼中，花槽中正倒臥著一個模糊的黑色人影，四肢扭曲成奇怪的角度，身下流淌著黑色的液體，從花槽流至地面，形成一條黑色的小河。

幾秒過後，黑色的人影消失了。

突然，一團黑色的巨物猛地從天而降，「砰！」的一聲撞倒在花槽上，正是剛才那個黑色人影，就連流淌出的黑色液體也一模一樣。

而幾秒過後，又再次消失。

這時，大廈保安來到魏明珠身邊，拍拍他的背。

「小姐，天色開始暗了，勸妳別逗留得太久。」

魏明珠看見保安耳朵裡戴著耳塞，便笑著用力點頭及揮手，免得他聽不見自己的回答。

臨走前，魏明珠回頭瞧了一眼這棟大廈。

只見有好幾個黑色人影持續出現在大廈窗檯，毅然地一躍而下，有些落在大堂門口上方的頂蓋平台，有些落在花槽……

沒過多久就消失了。

然後又重新出現，重覆著墮下、爆開、消失。

然後又再出現、墮下……

周而復始。

循環往復。

彷彿永無止境。

此情此景，讓魏明珠突然有個不合時宜的聯想。

「好像下雨……」

「有嗎？」一旁的羅記伸出手，卻感受不到半點雨水。

魏明珠噗哧一笑，搖了搖頭，說道：「可能是錯覺吧。對了，我不跟你們回公司，我要先走一步回家開冷氣。」

第十一章
眼中的怪物・一

「原來是師兄師姊的朋友，不好意思嚇到你們了。我叫魏明珠，是小莉和小名的師弟。」

魏明珠從衣櫃回到家，先是去浴室洗澡，然後和毛名、萬小莉、Yuki 以及潘少衝一起在客廳享用壽司。

知道魏明珠不是鬼後，潘少衝表情難掩失望的說：「我不介意被嚇，倒不如說我很想被嚇——哎呀！」

Yuki 用手肘狠狠地撞了潘少衝一下，然後對魏明珠說道：「不好意思，那麼晚還打擾你們。」

她說明了前來拜訪的前因後果後，魏明珠沉思片刻後，微笑說道：「我可以收他為徒喔！」

「咦？！」

毛名和萬小莉都不約而同地發出叫聲，並且面面相覷。

他們三人從小認識，關係談不上友好，不過彼此都很了解對方。因此他們知道魏明珠對待他人的態度從來都是禮貌而疏離，從來都不會主動提出和別人社交。

潘少衝也嚇了一跳，但轉念一想，儘管不清楚魏明珠的能力，不過既然是和毛名及萬小莉師出同門，那想必也很有實力。

於是他不加思索的丟下筷子，跪在地上大喊道：「師父！」

Yuki暗地裡踢了潘少衝一腳，而表面上不動聲色，笑問：「請問……你有辦法幫到他嗎？」

雖沒明說，但言下之意，就是在質疑他的能力。

也不知道魏明珠有沒有聽明白，只見他歪著腦袋，認真思考片刻後忽然拍手，說：「這樣吧，我現在帶你們去靈探見識一下，去完後才決定要不要拜師。」

「吓？！」

「好！」潘少衝一聽到靈探，就立即舉手贊成。

「等等！現在？」

聽到Yuki的疑問，魏明珠反思了一下，說：「也對，現在不行，要先吃完壽司。」

「不是這個問題吧？」

Yuki對於魏明珠不按理出牌的決定一時間不知該如何回應，便回頭對上萬小莉的視線，只見對方有點無奈的聳聳肩。

「他這個人是有點奇怪……不過放心，他不是壞人，而且我會陪你們一起去的。」

「不是這個問題，我意思是現在天都已經黑了耶？」

個。

「靈探當然是要天黑才去呀！」潘少衛一副理所當然的模樣說道。

Yuki 瞪了他一眼，眼見其他人都沒有異議，她不禁開始懷疑自己是否才是不正常的那個。

不行！不能被他們的神邏輯影響！明明她才是正常的！

「你打算帶我們去哪裡靈探？」

「去康美花園。」

「康美花園在鰂魚涌，坐地鐵起碼要一個半小時才到，現在都已經快 9 點了，這樣一來一回折騰一番，回到家都已經凌晨了。」

Yuki 嘗試理性地提出問題所在。

「所以你是擔心太晚回到家？」

「對。」

魏明珠一拍手，笑意盈盈地說：「那很簡單，找黑貓幫忙把我們傳送去康美花園就行了。」

「什麼……？」

此時，潘少衛突然臉色發白，用手捂住肚子，面容扭曲，艱難地說：「可以……借用一下廁所嗎？」

毛名知道他是要拉肚子，心裡有點嫌棄，但還是給他指明了方向。

待他衝進廁所後，眾人才繼續剛才的話題。

萬小莉向 Yuki 解釋道：「我剛才不是說過黑貓被地獄陰差附身嗎？毛名房間裡的衣櫃

是個傳送門，能被牠連接到香港任何店鋪，所以如果能讓牠幫忙的話，那只要一瞬間就能去到鰂魚涌。」

Yuki 目瞪口呆，想不到現實中居然有類似多啦 A 夢隨意門的東西。

既然如此，似乎再也沒有理由拒絕……？

「不過要先把黑貓找出來，還要要討好牠——」

萬小莉話口未完，餐桌底下忽然傳來一聲貓叫。黑貓不知何時躲在桌底下，此刻正慢悠悠地鑽出來，在眾人目光中癱坐在地板上，打著呵欠。

毛名還在記恨下午被牠踩醒的事，一見到牠便冷哼一聲，說：「死廢老，聽到有人要討好自己才肯死出來。」

萬小莉立即拿起刺身拼盤，恭敬地放在黑貓面前，順便踹了毛名一腳。

「黑貓叔叔，這裡有三文魚、吞拿魚、帶子、赤蝦，您看有沒有合您胃口的？」

黑貓的眼睛發直，正打算伸出爪子，卻聽到毛名輕飄飄地說了一句：「你現在吃了魚生的話，明天就讓魏明珠帶你去打針。」

貓爪頓時僵住了，然後氣憤地張牙舞爪大叫。

萬小莉沒好氣的瞪他一眼，抱起黑貓安撫道：「放心，杜蟲是不用打針，最多只是吃藥。」

本來黑貓被她抱起時已安靜下來，但一聽到吃藥就馬上喵喵亂叫。

最後還是魏明珠去廚房拿出豪華海鮮貓罐頭，再加上 Yuki 讓牠躺在自己大腿上，被她和萬小莉兩個美少女輪番拍屁股和搔癢下巴，黑貓才總算心滿意足。

等到潘少衡從廁所出來時，眾人已經背上袋子準備要出發，而黑貓也已經再次消失不見。

「你們要出發了？我、我是不是錯過了什麼？」

萬小莉又把剛才的話向他解釋了一遍，聽得潘少衡興奮不已。

「好酷！想不到有生之年居然能體驗到多啦 A 夢的隨意門！」

眾人來到毛名房間，只見衣櫃門已經打開，不過從外面望進去卻和尋常衣櫃沒什麼分別。

毛名在一旁打著呵欠，興致缺缺地說：「既然不是任務，那我就不去了，你們慢走。」

魏明珠率先走進衣櫃，而就在他鑽進衣櫃的那一刻，潘少衡突如其來的開始瘋狂打著噴嚏。

「乞嚏！你們——乞嚏！先——乞嚏！進去吧——乞嚏！」

潘少衡打噴嚏打得口沫橫飛，涕淚交加，只好狼狽地低頭從褲袋翻找出紙巾。

萬小前和 Yuki 對視一眼，接著便一前一後的鑽進衣櫃。

而等到潘少衡擤乾淨鼻涕，總算不再打噴嚏後，眼見房間只剩下自己和毛名，於是也跟著鑽入衣櫃，撥開垂掛著的衣服……

衣櫃仍舊只是普通衣櫃。

他在裡面待了幾乎一分鐘，才把頭探出來，問：「那個……我什麼都感覺不到，這是正常的嗎？」

「不正常。」

毛名在一旁看得明白，這人身上似乎有自動迴避靈異的奇怪機制，能遇神擋神，遇佛擋佛，總之任何超自然的現象在他面前都會自動避開。

某程度來說，這傢伙真是強到離譜。

「那、那我現在怎麼辦？」潘少衝慌張地從衣櫃爬出來。

毛名聳聳肩。

「還能怎麼辦，你身上有沒有錢？」

「有！」

「那就打電話叫的士。」

Yuki是緊接著萬小莉的身後鑽進衣櫃的，但一進去已經看不到她的身影，只見垂掛著的大褸。這衣櫃從外面看來並不深，完全不像能邁開腳步，不過Yuki還是姑且嘗試抬起左腳往前伸。

一步、兩步、三步、四步……依然沒到盡頭。

倏地，Yuki感覺到一絲微風，還有人聲，以及汽車行駛聲，才一眨眼的功夫，她就來一個奇異的空間。

眼前就像來到囤積症患者家中，只不過空間大得嚇人，只見腳下是成堆的衣服，四周的雜物從家活用品到電器，從傢俱到房車，各種不同類型的物件全都如層層疊般，離奇地堆成一座又一座的雜物山，以致 Yuki 完全看不見這裡牆壁和天花板。

而在這堆積如山的雜物中，隱約能看見不遠處有一道拱門，正是從那裡傳來聲音。

Yuki 僵著身體小心翼翼地往門口移動，完全不敢有太大動作，生怕身邊的雜物倒下來把自己活埋，直到快接近門口，她才一咬牙飛奔過去。

萬小莉和魏明珠早已在門外等待著，見到她一臉害怕的衝出來，萬小莉擔心地拉住她，問：「學姊，你怎麼了？」

Yuki 把裡面的情況說了出來，聽完後萬小莉帶著歉意說：「抱歉，沒有跟你解釋清楚。衣櫃是解靈店舖的入口，黑貓的能力是可以將店門口安置在不同地方。剛才你看到的是幻境空間，會隨不同任務而變化出不同店舖，而平日裡如果沒有任務的話，就會是剛才你所見到的模樣。所以你完全不用害怕，裡面的東西都是法術所變，是不會掉下來的。」

聞言，Yuki 才鬆一口氣，這時她才發現自己此刻站在一間超市前，剛才的拱門已不見蹤影，而對面就是這次的目的地——康美花園。

這時，Yuki 的手機響起，來電顯示是潘少衝打來的。

「喂？玄乾嗎？衣櫃對我無效，不過我現在就坐的士來！在我來到前別走！等我！」

他自顧自地說完後就掛斷電話，剩下無奈的 Yuki，和萬小莉對視一眼。

「……那現在該怎樣辦？」

魏明珠聳聳肩。

「既然都來了，那就等等吧。」

三人默默無言地等待著，氣氛頗為尷尬，Yuki 和他們本就不熟，一時間也想不到有什麼話題可以聊。

不過另外兩人是同門關係，按道理說應該有話可聊，但他們彼此默不作聲的，似乎完全不熟絡。

反而萬小荊和毛名一起時吵吵鬧鬧的，看起來關係還比較要好。

Yuki 又偷偷瞅了魏明珠一眼，這人穿著一身潔白的 T 恤和牛仔褲，乾淨秀氣得像是從少女漫畫裡走出來的美少年，身邊自帶閃閃發光的網貼。

不過他好看歸好看，卻渾身散發著一種難以親近的距離感，讓 Yuki 始終對他抱有一絲懷疑。

三人等了好一會兒，眼見快十點了，卻遲遲不見潘少衝到來，萬小荊便提議：「反正都要等，要不我們先進去康美花園看看情況？」

如果沒有潘少衝在的話，Yuki 對靈探其實不感興趣，不過就如萬小荊說，與其站在這裡乾等，還不如先進去逛逛。

他們過了馬路，來到康美花園 D 座，才一靠近這幢樓宇，Yuki 就立即感到汗毛豎起，渾身起了雞皮疙瘩，胸腔也有點悶。

她正想開口，突然感覺到好像有水滴的觸感落在皮膚上。

下雨了？

她伸出手，卻感受不到半點雨水。

「怎麼了？」萬小荊見她停下腳步，便回頭關切地問。

「沒什麼，我以為是下雨了……」

話音剛落，Yuki 再次感到有水花飛濺在手臂上。

是的，不是從天而降的落下，而是從旁邊飛濺的感覺。

而她的旁邊就只有花槽，到底是哪來的液體飛濺？

正當她疑惑之際，耳邊猛地傳來一聲巨響，手臂上所感受到的水花也更加清晰。

好像……有一股血腥味。

「我也覺得下雨了。」魏明珠對她笑了笑，往她的背上輕輕推了一把，不著痕跡地讓她避開了黑影所噴出來的液體。

「走吧，大廈裡面更精彩呢。」

Yuki 隱約猜到他的意思，皮膚不禁冒出一陣雞皮疙瘩，頓時覺得面前燈火通明的民宅危機四伏。

不過，不是說人煙稠密就等於陽氣旺盛嗎？這麼多人住在這裡，應該不會真的很危險……吧？

三人進了D座，因為魏明珠幾小時前才剛來過，保安也認得他，他便謊稱自己遺留了東西，順利地帶著萬小荊和 Yuki 進了電梯，按了三十一樓。

在升降機裡，Yuki 注意到升降機四面都各貼著一張通告，上面寫著：

康美花園住戶及訪客規則

一、禁止在住宅單位外或任何公共地方裝置神龕或焚燒香燭。

二、晚上10點後將進行大廈後樓梯的清洗工作，請勿在10點後隨便開啟防煙門，以免污水流入走廊。若要使用後樓梯，請先透過防煙門玻璃查看地上是否有污水。

三、因應消防條例，本屋苑已移除所有放置於後樓梯的垃圾桶，後如發現有居民往後樓梯拋棄垃圾，請多加提防。

四、訪客在走廊需注意聲浪，請勿在公共區域內發出任何可能成為滋擾的噪音，以免給屋苑居民帶來不便，尤其是在晚上 10 點後。

五、建築物中的所有走廊，電梯大堂和公共區域均已提供充足的照明，以確保您的安全。如發現照明設備受損，請迅速離開，及聯絡管理處職員處理。

六、住戶及訪客如遇上失火或異常情況，請保持冷靜，切勿使用升降機。如需逃生，請使用樓梯，惟使用前請先確保沒有濃煙或垃圾袋。

七、屋苑入口及每座大廈均駐有保安員或管理員看守。為確保屋苑治安，苑內定時由保安員及管理員巡邏。任何時間均有屋苑職員當值協助住戶及訪問解決突發事件。

八、每個住宅單位均裝有室內對講機可聯絡管理處，亦配有大廈門口電閘開關及閉路電視監察系統。訪客如在走廊遇有不適、意外或緊急事故，可向住戶求助。

九、請留意，此大廈並無陳玉潔住客，請勿與她有任何接觸。如有任何查詢，請與通知管理處職員，或敲響紅色警鐘。

第十二章
眼中的怪物・二

Yuki 一開始只是掃了一眼規則，並沒有放在心上，畢竟自己不是這裡的住戶，自然不會關心大廈的通告。

不過當她看到這份通告是包含訪客規則時，才稍微對內容上心。就在她閱讀著規則時，耳邊聽到魏明珠和萬小莉在低語著什麼，她沒辦法一心二用，因此聽得不真切。

讀到一半時，Yuki 心中生起一絲違和感，總覺得這些看似再平常不過的規條，用詞上卻莫名的古怪。

這時，手機突然響起，是潘少衡打來的。

「我——我——已經——到——你們——在哪？」升降機裡訊號不佳，因此潘少衡的聲音聽起來斷斷續續的。

「我們進去 D 座右邊那一幢了，正在升降機裡前往三十一樓……」

Yuki 話還未說完，電話就傳來忙線的嘟嘟聲，與此同時，旁邊響起「叮」的一聲，接著是升降機門開啟的聲音。

Yuki當下便回頭一看，發現升降機裡已經只剩她下自己一個。

她暗暗驚嘆兩人的步速，因為直到剛才她還聽得到他們的交談聲，同時心裡對於他們拋下自己而感到有些不滿，當下便趕緊走出升降機。

走廊的燈明顯壞了，正忽明忽暗的閃爍著。

Yuki並不見兩人的蹤影，便隱隱覺得有些奇怪。

康美花園的結構是每兩幢大廈合組為一座，另一幢的單位號碼是1至8，而她身處的這幢大廈是9至16。其中9、10、11、12單位在升降機的右邊側，而13、14、15、16在左邊側。

Yuki先是往右邊拐角處查看，再前往左手邊探頭張望，可是兩邊都不見萬小莉和魏明珠。

她掏出手機想要打電話給萬小莉，卻發現這裡完全接收不到訊號。

難道兩人進了後樓梯？

這時的Yuki已經開始不爽，腦海中冒出一個可能性，那就是自己被捉弄了。在初中時，她就曾經被人如此捉弄過，故意以小組作業之名把自己約出來，讓她傻傻地等待，而其他人卻約在別的地方。

完成作業後，那幫人故意不填上她的名字，待老師問起，就向老師告狀說她並沒有參與。

一想起過去的回憶，Yuki心情就變得很煩躁，連帶腳步聲也變大了，在安靜的走廊中顯得格外響亮。

她來到防煙門前，暴躁地一腳踢開。放眼望去裡面空無一人，只有角落擺放著幾袋黑色垃圾袋，還有地上有一灘暗紅色的液體在流淌。

Yuki被地上的液體嚇了一跳，但轉念一想，記起在升降機裡看到的規則，說是晚上會清潔後樓梯，便連忙關上防煙門，免得污水流入走廊。

這時她斷定自己是被耍了，那兩人肯定是合謀把自己騙來這個山長水遠的地方，然後丟下自己不管。她握緊了拳頭，心中除了憤怒，還有些許失望。

雖然認識得不久，但她是真心以為萬小荊是個值得來往的人……

結果她就和以前霸凌自己的同學一樣。

虛偽。

她又回到升降機前，粗魯地瘋狂按著按鈕，彷彿這樣升降機就會快點來到，讓她能盡快離開這地方。

不知過了多久，隨著「叮」的一聲，升降機門緩緩打開。Yuki進去後先是伸手按了代表地下的「G」，然後轉身，眼角撇了升降機門外的走廊一眼。

這一眼，讓她瞬間汗毛豎起。

只因走廊的牆壁上，只有一個「3」字，換句話說這是三樓。

Yuki記得剛才魏明珠走進升降機時，明明是按了三十一樓的。而且她剛才閱讀規則再加上接電話，起碼花了兩三分鐘的時間，期間升降機並沒有在哪個樓層停下來過，怎麼可能只是來到三樓？

Yuki越想越覺得不對勁，而升降機門在她反應過來前已經關上了，而且正緩緩下降。

Yuki眼見顯示樓層的數字從三變二，再變成一，便心想著算了，雖然有點詭異，但她畢竟從小到大都遇過不少靈異事件，也不差這一次，只要能回家就行了。

待升降機門再次打開時，Yuki只覺整個人如墮冰窖。

暗黃的瓷磚。

閃爍著的燈光。

牆壁上的「3」字。

分明就是剛才的三樓。

但剛剛她是親眼看到升降機往下的……

Yuki不敢踏出升降機，於是按下升降機裡連接保安室的警鐘，可是就如同沒有訊號的手機一樣，等了半天對講機都完全沒有任何反應。

期間，升降機門完全沒有要關閉的跡象，就好像……有人在外面一直按著按鈕。

這個想法讓Yuki不寒而慄。

她想了想，掏出一支潤唇膏，卻不是為了塗抹嘴巴，而是走到升降機門口邊緣，然後把潤唇膏往外面按鈕的方向一丟。

外面先是傳來一聲「啪」，然後是東西掉在地上的「啪噠」聲，接著潤唇膏慢慢地滾動著，出現在Yuki能看到的範圍裡，最後在升降機門前靜止不動。

在潤唇膏落地前，Yuki分明聽到有一聲「啪」，就好像潤唇膏撞上了某件東西……又或者是某個人。

Yuki又掏出手機，開啟拍攝功能，然後小心翼翼地伸出升降機門口。

手機螢幕映照出空盪盪的走廊，完全不見半個鬼影。

那……剛才的潤唇膏到底撞上什麼？

Yuki 人生第一次慌的六神無主，她臉色鐵青退後了一步，正不知如何是好時，視線瞧見旁邊張貼的通知。

對了，那些規則！

她又再次仔細閱讀了一遍，才總算為自己的遭遇找到原因。

難道這就是傳說中的規則怪談？

規則一是看見污水的話就不要開防煙門；規則二是看見垃圾的話要多加提防；規則三是晚上 10 點後要注意聲浪；規則四是發現燈壞了要迅速離開。規則五是遇到異常情況時不能用升降機。

而自己則差不多把以上的錯誤都犯了一遍。

「真是的，把規則寫得清楚一點會死嗎？你這樣寫誰會知道不遵守的話就會撞鬼？」

Yuki 深吸一口氣，讓自己冷靜下來。

自己不像毛名和萬小荊一般能召喚鬼怪，此刻她唯一能依賴的，就只有那張通告上所寫的規則。

首先，根據規則，能自救的方法只有三個：聯絡管理處、按響紅色警鐘、找住戶求助。

方法一受限於手機沒有訊號，所以不適用；而方法二因為暫時看不見什麼紅色警鐘，所以還是先試試方法三吧。

打定主意後，Yuki 便鼓起勇氣走出升降機。

走廊裡和剛才並無兩樣，依舊是空空蕩蕩，昏暗的燈光閃爍不停，發出微弱的嗡嗡聲，除此之外，四周悄然無聲。

安靜得讓 Yuki 心裡發毛。

她開始挨家挨戶的按門鈴，儘管對於在夜闌人靜時打擾別人的行為感到不好意思，但為了脫困，她別無選擇。

可是她把八個單位的門鈴都按了遍，卻依然沒有住戶開門。

Yuki 的心從忐忑不安，漸漸變成焦躁不已。她又不死心的再次按門鈴，到最後幾乎是用拍的，但始終得不到一丁點回應。

絕望之際，一陣聲響倏然出現，打破了寧靜。

「吱、吱、吱、吱……」

這聲音是塑膠拖鞋踩在地板上才有的，聽起來和她有一點距離，大概是在走廊的另一側。

是終於有住戶被她吵到走出來嗎？

儘管心裡這樣想著，但 Yuki 還是留了個心眼，不敢直接探頭查看，而是故技重施，拿出手機從拐角處伸出去，透過鏡頭查看走廊。

「吱、吱、吱、吱……」

伴隨著拖鞋的聲音，螢幕中顯示走廊盡頭的確有一個人影出現，正往這邊徐徐而來。就在 Yuki 想要仔細瞧瞧時，手機鏡頭此時突然對不上焦，只能隱約看見那人雙手好像捧著某樣東西。

Yuki 點了兩下螢幕，卻依然無法對焦，便乾脆探出半個頭來往走廊查看。

只需一眼，Yuki 便明白發生什麼事。

因為走廊根本看不到半個人影。

Yuki立即轉身使勁地敲打著距離最近的單位門口，眼見門紋絲不動，耳邊的吱吱聲越來越接近，她當機立斷推開防煙門，三步併成兩步地狂奔向下層。

可是一跑過樓梯轉角處，她駭然發現下層灰白的牆壁上，印著一個「3」字。

又是「3」。

這時，吱吱聲已經來到防煙門外。

Yuki大腦一片空白，身體下意識蹲下來，蜷縮在轉角處的牆壁後面。

只見防煙門輕輕地開了。

Yuki心砰砰直跳，死命地捂住了口鼻，不敢發出丁點聲音。

隨著「嘩」的潑灑聲，一灘暗紅的液體憑空出現在地板上，一股淡淡的腥味在梯間彌漫開來。

液體流淌到下層的梯級，形成一條條猩紅的小河，Yuki忽然感覺裙子一濕，定睛一看，發現通往上層的梯間也有液體流下來。

此時，防煙門已緩緩關上了，Yuki總算敢張開嘴巴喘一口氣。

現在走樓梯明顯是行不通，而找住戶求助似乎也沒用，那就只能尋找紅色警鐘。

一定……一定有方法能出去的！

Yuki在心裡為自己加油打氣，並咬緊牙關強忍著眼眶的淚意，現在可不是讓情緒主導的時候，她需要讓自己保持著冷靜。

……別怕，沒什麼好怕，只不過是撞鬼而已，從小到大都已經習慣了，所以沒什麼大不了的！

她扶著欄杆正要站起來，倏地，樓梯間響起一陣腳步聲。

又是拖鞋走路的吱吱聲。

還有像是裝著重物的塑膠袋，在梯級間摩擦所發出的沙沙聲。

封閉的樓梯間讓聲音迴盪著，Yuki 一時間分不清走路聲到底是從樓上，還是樓下傳來。

「吱、吱、吱。」

「沙、沙、沙。」

未知的怪物加深了恐懼，Yuki 連忙使用手機拍攝，想要找到怪物的位置。

她胡亂地舉著手機把四周掃了一圈，卻一無所獲。

這時，拖鞋聲停止了。

樓梯間恢復了寂靜，靜得連她自己的心跳聲都如雷聲一般。

「怦、怦、怦、怦——」

手機螢幕突然又對不上焦，Yuki 把舉著手機的手放下，想要調整鏡頭焦距時……

鏡頭剛好往下，對著樓梯牆壁的拐角處。

有一個人正在牆邊探出腦袋。

儘管螢幕模糊得很，但還是能看到那人的臉正在往上看。

Yuki 瞬間屏住呼吸。

那張臉很快便不見了，然後，拖鞋聲再度響起。

Yuki慌不擇路地奔向上層樓梯，推開防煙門衝出去，但她忘了，走廊裡她根本無路可逃。

而身後的吱吱聲，似乎越來越近了。

「吱、吱、吱。」

第十三章 眼中的怪物・三

潘少衡幾乎花光了身上的錢來坐的士。

出發前，他問毛名要不要跟來，車費由自己來付。

毛名並沒有回答，而是反問了一句：「你想遇上塞車？還是車子故障？」

「咦？當然兩樣都不想。」

「那我就不去了。」

潘少衡不明所以，但因為趕著出發，便沒有再多問。

幸好司機見他一副趕時間的模樣，便猛踩油門，只用了四十分鐘便把他送到康美花園。

一下車，潘少衡就急不及待地撥打 Yuki 的號碼。

可是訊號太差，他只聽到「D 座右邊那一幢」和「在升降機前往」這兩句，通話便中斷了。

潘少衡嘗試再撥打一次，卻已經打不通了。

他風風火火的衝進D座右幢，撲向保安室窗台，把保安大媽嚇了一跳。

「大姐，請問有見到一個穿白T恤的漂亮男生，還有兩個是穿著校服的漂亮女生嗎？」

「有呀，他們剛剛進了升降機。」

「可以幫我查一下閉路電視，看看他們是去哪一層嗎？」

「這樣不太好吧……」

保安大媽嘴巴儘管拒絕潘少衡的請求，可是眼睛還是下意識撇了閉路電視一眼。

所有升降機就只有中間一部是載了三個人。

「求求你，拜託拜託！」潘少衡雙手合十，苦苦哀求。

「不行不行，這是私隱問題。」保安大媽斬釘截鐵地說著，又瞥了一眼電視。

這一瞧，讓她不禁「咦」了一聲。

只見螢幕忽然跳了一下雪花，接著恢復正常，但三部升降機都已經空無一人。

保安大媽曾經聽說過康美花園鬧鬼的傳言，心裡頓時有些發毛。

「你的朋友……不見了，不過說不定只是走出了升降機，而我剛好沒看到吧，哈哈。」

保安大媽說著，乾笑了兩聲，明顯連她也不相信自己的話。

潘少潘見狀，也只能作罷。

他失落地走出D座，望著已經變得冷清的街道，現在不過十點，街上已經行人稀疏，只有偶爾一兩架車子呼嘯而過。

怎麼辦？該回家嗎？雖然現金已所剩無幾，但八達通卡裡的錢還是足夠讓他回去的……

不行！這麼多年來他為了見鬼一直努力不懈，現在怎可以放棄！今晚無論如何都要撞鬼！

潘少街突然想到什麼，他掏出手機，找到凶宅網站，輸入了「康美花園」四個字。要是找到哪個單位出過命案，那就能猜到 Yuki 他們去哪一層了。

誰知，網站所顯示出的結果，居然有整整兩頁！

潘少衝目瞪口呆，想不到康美花園的命案會如此數目眾多，當中大部份都是墮樓身亡的，只有少數是病逝的。

他按到最後一頁，看到最後兩行字。

鰂魚涌康美花園 D 座，3 樓。

烹夫案。

1988 年 2 月，康美花園 D 座 312 號單位住戶的女兒到警署報案，懷疑父親唐秋在一個月前被母親陳玉潔所殺。

唐秋是一名工廠廠長，而陳玉潔是家庭主婦，兩人結婚二十多年，育有一女。

據女兒所說，母親陳玉潔在一個月前已聲稱自己殺害了父親，但因為母親長期患有思覺失調症，十年前便稱自己日夜被鬼怪纏繞，終日疑神疑鬼，一家人因此多次搬家。

語。

因此女兒當時並沒有放在心上，一個月後得知父親失蹤，才驚覺母親可能並非胡言亂

警方其後拘捕唐秋妻子陳玉潔，她供稱自己認為丈夫外遇，因而殺人，行兇後將其屍體肢解並煮熟棄置。

但令此案案情撲朔迷離的是，這是香港首宗找不到遇害人屍體而控以謀殺罪的案件，由於女兒報案時唐秋已失蹤一個月，單位內的傢俱早已被陳玉潔丟棄，屋內一切被打掃乾淨，已再無證據證實唐秋是否死亡。

唐秋就如同人間蒸發一般，半點不留痕。

整個案件經過全憑陳玉潔口供，偏偏她又患有思覺失調症，讓人對案件真偽心存疑惑。最終，陳玉潔誤殺罪成，被判至小欖精神治療中心。案件雖已塵埃落定，但真相依然是一個謎。

就連陳玉潔自己也不知道。

萬小莉是最後一個踏出升降機的。

儘管魏明珠和羅記白天時已經把命案單位清潔乾淨，可是三十一樓的走廊裡還是隱約能聞到淡淡的腐臭味。

萬小莉正想回頭找魏明珠說話，卻發現升降機已經關上了，並慢慢下降著。

走廊就只剩她自己一個。

她嘗試撥打魏明珠和 Yuki 的手機號碼，但都打不通。

她尋思著，他們兩個是來不及走出升降機嗎？

不對勁，這種感覺，應該是發生了什麼事，才導致他們兩個不見了。

她雖然會一點尋人的法術，可是施法時必須要有對方經常攜帶的物件作為媒介。至於拜託妖怪公公婆婆們……萬小莉打開錢包，裡面只剩一張殘舊的二十元，當下決定還是先憑自己的力量找找看。

萬小莉終究是見慣風浪的人，她很快便判斷問題應該是出在升降機上，於是便回到升降機裡。

這次她注意到四面貼著的通告。

和 Yuki 一樣，萬小莉同樣覺得這些規則有種說不出的詭異感，好像一旦違反的話就會遇到什麼危險似的。

倏地，她靈光一閃，既然規則說遇到異常情況的話就不要搭升降機，那她現在的情況也應該算是？另外兩人會不會也看到通告，然後去了樓梯間？

幸好她剛才並沒有按任何樓層的按鈕，加上現在夜深人靜，沒什麼人使用升降機，所以還一直停留在三十一樓。

她趕緊按下開門按鈕，然後走向防煙門，先是按照規則從門上的玻璃查看裡面有沒有垃圾和污水，確定沒有後才推門進去。

三十一樓是最高樓層，所以她打算一層一層的往下走，看能不能遇到魏明珠和 Yuki。

萬小莉的步速極快，才十分鐘左右就已經來四樓。

她正要繼續往下走，卻猛地停住了腳步。

因為她聽見了梯間響起了不屬於自己的腳步。

那腳步聲很輕，「噠、噠、噠的」，像是有人踮起腳尖走路。要不是萬小莉聽覺比一般人靈敏些，加上夜裡的環境過於安靜，這輕微的腳步聲很容易被忽略掉。

「噠、噠、噠……」

腳步聲好像越來越接近了。

萬小莉屏住呼吸，左手一翻，五條紅線出現在手指上，右手則插進裙袋，把一顆他媽哥池握在掌中。

「噠、噠、噠。」

腳步聲是從樓下傳來的，漸漸地越來越接近四樓。

萬小莉吞了一下口水，又深吸一口氣，她雖有自保能力，但向來很少單獨行動，此刻難免有些許緊張。

做好心裡準備後，她一鼓作氣，快步跑下樓梯，卻迎面撞上一個人。

「痛——抱歉！」

萬小莉揉了揉被撞痛的鼻子，定睛一看，發現對方是一名高大的中年男人，穿著保安服，背著一個背包。

什麼嘛，原來是保安在巡邏。

萬小莉不禁暗暗地為自己虛驚一場而感到好笑。

保安大叔疑惑地上下打量著她，問道：「小姐，你在這裡幹什麼？你看起來很生面口，應該不是這裡的住戶吧？」

萬小荊連忙解釋道：「不好意思，我是和朋友一起來的，他今天來過三十一樓做清潔，不過漏了東西，我陪他一起來取回。可是升降機到了三十一樓時，我和朋友不知怎的就走散了，我在找他們。」

這番話大部份都是事實，雖然聽起來有點匪夷所思，不過這幢大廈一直都有鬧鬼傳聞，加上她一副學生打扮，看起來人畜無害，因此保安大叔聽罷，表情便少了幾分戒備。

「你朋友大概是撞鬼了，這幢大廈邪門得很，小姐你還是快點回家吧。」

說罷，保安大叔便打算繼續往上走。

「等等！」

萬小荊拉住他。

「抱歉，關於這幢大廈的怪事，你是不是知道什麼？」

保安大叔語氣有些不耐煩地說：「是有聽聞過，但這種事你自己上網查吧。」

萬小荊有些不好意思，她一向不喜歡情緒勒索別人，但現在急於找人，她只好硬著頭皮說：「我手機不知為何沒有訊號，拜託你告訴我好嗎？說不定就跟我朋友的失蹤有關。」

「關我什麼事？你朋友失蹤就去報警——」保安大叔話說到一半，眼珠骨碌一轉，說：「哎，算了，我知道的也不多，最多知道這幢大廈鬧鬼的事是連上頭都認證了。」

「何謂上頭認證？」

「你有看到升降機裡的通告吧？」

萬小荊點點頭。

「其實我們保安也有一份的……」

說著，保安大叔從褲袋裡掏出一張皺巴巴的紙，攤平後遞給她。

紙上寫著：

夜工保安員巡邏時應注意事項。

一、保安員巡邏時間為：

22：30

12：30

02：30

04：30

06：30

二、每天需檢查升降機內的通告並無遮擋、污漬或破損。如出現以上情況，需即時通知管理處處理。

三、如發現公用地方照明設備有任何損毀，或光線不足，請立即通知管理處，並致電維修技工前來維修。

四、如升降機發生故障、先查看是否有人被困，如有請立即致電消防處求助，並通知升降機維修公司。如沒有人被困，只需記錄在《特別事故記錄冊》上，並不需要聯絡維修公司。

五、走廊、天台、及天井的排水渠如有垃圾堆積，應立即清理，避免淤塞。如在樓梯間發現垃圾袋或污水，請終止巡邏，立即離開。

六、當紅色警鐘鳴響時，管理處保安指示板的信號燈會亮起，顯示何處發生異常。保安員應按照管理處同事指示，立即前往支援。保安員可根據現場情況而報警求助。

七、如發現自己被困於樓層，請以無線通話裝置求助，然後進入電錶房，靜候救援。

八、請留意，此大廈並無唐秋住客，如有人查詢此人，請如實回答，並儘快離開。

這份守則和升降機內的通告一樣，字裡行間處處透露著詭異，還有一股強烈的違和感。

除此之外，萬小莉注意到最後一項守則的人名。

唐秋？

她記得通告上也提到過一個人名，好像是叫陳玉潔。

她來不及細想，就聽到保安大叔對她說：「是不是很古怪？所以小妹妹你就別再在這裡逗留了，盡快回家吧！放心，你的朋友不會有事的。我現在就去巡邏，見到他們的話會平安護送他們離開的！」

萬小莉不認為憑保安大叔就能找得到他們，不過看來保安大叔已經沒有別的線索能提供了，於是她乖巧地點點頭，回應道：「我知道了。」

兩人道別後，保安大叔便往上走了幾級樓梯，來到四樓後推開了防煙門出去，而萬小莉則繼續往下走。

走著走著，她越發覺得怪異，心中的違和感越來越強烈。

待她走到二樓時，她終於想起自己忽略了什麼，當下立即往上層拔足狂奔。

明明有好幾個疑點，她為什麼會忽略掉？！

保安巡邏都是乘坐升降機到最頂層，然後才一層一層往下走，而剛才的保安大叔卻是從下走上來的！

而且紙上寫著保安巡邏時間明明是十點半，但現在卻只是十點十五分！

還有，哪有保安巡邏時會帶著背包的？

不管這個保安大叔是人還是鬼，他都很不對勁！

萬小荊以自己最快的速度衝到四樓，一推開防煙門，就聽到一個單位傳出激烈的男女爭吵聲，還有碰撞聲，中間夾雜著女方用英文大叫著：「Get out！」

萬小荊隨手掏出一個他媽哥池，來不及細看到底是哪一位公公婆婆，便大喊道：「拜託請出來！」

走廊頓時煙霧瀰漫，一個剪影出現在白霧之中，只見這人影的身形例怪異得很，腦袋大得像個瑜伽球，身體卻只有六歲孩童的大小。

是大頭怪嬰。

萬小荊心頭一顫，暗罵毛名大概是把霉運傳染給自己了，居然好死不死抽中最麻煩的妖怪。

大頭怪嬰全身赤裸，皮膚如初生嬰兒般通紅，四肢如蓮藕一般，臉上佈滿皺摺，本該是眼睛的位置瞇成兩條細縫，可頭部的皺褶下，竟長滿了一顆顆的眼珠子！

他搖晃著巨大的腦袋，對著萬小荊咧嘴一笑，露出尖銳的牙齒。

「肉肉！」牠一邊高興地朝萬小荊吼道，一邊揮舞著粗短的雙手。

萬小荊知道自己在牠眼中就只是一塊肉，根本無法講道理。

她還未想出對策，突然傳來女子的慘叫聲。

「啊啊啊啊！」

萬小荊心裡一驚，只見大頭怪嬰的鼻翼一張，如細縫的眼睛忽然睜大，興奮地衝向傳來叫聲的單位。

「有血血！是肉肉！」

牠巨大的頭顱一頭撞在木門上，發出「砰」的一聲巨響，門鉸不堪重負，「咿」了一聲便斷裂了，木門重重地摔在屋內。

只見單位內的地板上躺著一個女人，還有一個男人壓在她身上，地上有一大灘血，觸目驚心。

這個男人正是剛才那位保安大叔。

而他高高舉起的手，正握著一把染紅了的刀刃！

第十四章 眼中的怪物・四

魏明珠是第一個踏出升降機的。

他一踏出去時已經發現自己身處在三樓，頭頂的燈光毫無規律地閃爍著，發出陣陣嗡鳴聲。

當他回頭時，升降機內已經空蕩蕩的，而四周並不見萬小莉和 Yuki 的蹤影。

魏明珠挑了挑眉毛，很快他也發現手機接收不到訊息，自己似乎和外界徹底失聯了。不過他處事態度向來都是既來之則安之，於是便淡定地在三樓各處逛了一圈，包括後樓梯，並對後樓梯的垃圾袋以及液體視若無睹，最後回到升降機面前。

升降機門保持著開啟的狀態，似乎在引誘著他再次進去。

嘛，反正也沒別的去處。

魏明珠毫不猶豫地走進去，完全不擔心自己的安危。這個世界上除了毛名和萬小莉，其餘的人事物他都不放在心上。

而想當然的，升降機沒有動。

等了一會兒後，魏明珠開始有些發悶，便走出去活動身體，隨即便聽到吧嗒一聲，那是門閂開了的聲音。

他循著聲音往走廊右側望去，只見盡頭的 312 號單位的大門打開了。

有一個黑影站在屋內，似乎在凝視著他……？

但魏明珠很快便發現黑影的頭部在移動著，而自己卻是一直站在原地，說明牠並非在望著他。

那牠在看什麼？

魏明珠心想，反正現在閒著沒事幹，便踏進 312 號單位，將自己的身體和黑影重疊。上鬼身。

鬼上身顧名思義就是被鬼進入了身體，但其實有一種方法還其人之身，那就是用意識入侵鬼魂魄之中，也就是上鬼身。

但上鬼身風險極大，輕則受傷，重則被趁機奪舍。

也就只有魏明珠能對此滿不在乎。

上了鬼身後，耳邊迴盪著尖銳的叫聲，身體痛得像是被五馬分屍，但一切都還在他能承受的範圍內。

一陣暈眩感過後，視線逐漸清晰，魏明珠才總算看得到……她。

而另一邊廂，Yuki 還在逃跑。

走廊根本無路可逃，所以她跑著跑著便再次進了後樓梯，上上下下的跑了一輪後，又回到走廊。

狹窄的走廊，閃爍的燈光，窮追不捨的腳步聲，還有無盡的樓梯……

Yuki 感覺自己快要瘋了。

她不知自己跑了多久，雙腿漸漸麻木，身體似乎失去了一切觸覺，只剩下聽覺。

身後傳來的吱吱聲。

燈管壞掉的嗡嗡聲。

自己跑步的蹬蹬聲。

還有急促的喘氣聲。

幾種聲音在她耳邊迴響著。

Yuki 已經累得體力透支，卻仍舊倔強地邁開腳步，搖晃著身體，一步一步地逃跑。

紅色……只要找到紅色警鐘……可是放眼望去就只有兩種彩調，走廊泛黃的瓷磚，和後樓梯灰白的水泥，就是不見紅色。

突然，她腦海中靈機一觸，趕忙舉起手機。

既然手機能拍攝到肉眼看不見的東西，那說不定能拍到她尋找已久的紅色警鐘。

手機的鏡頭依舊無法對焦，而在模糊的螢幕駭然出現一個人影。

Yuki 先是嚇了一跳，但定睛一看，發現那人影是背對著自己奔跑著。

就好像……自己才是追逐的一方。

這是怎麼一回事？

Yuki 心裡隱隱有一個想法，她停下腳步，目送著螢幕上的人影消失在走廊拐角處。

可是身後還是響起吱吱聲。

她轉身用手機對著走廊的另一側，很快又有一個人影出現，像是被什麼東西追著一般，跌跌撞撞地朝這邊跑來，Yuki 下意識還是想逃，但為了驗證自己的猜想，便硬著頭皮站在原地。

怦、怦、怦、怦，她心跳如雷，完全不敢喘氣，眼睜睜看著螢幕上的人影一步一步接近。

……然後和自己擦身而過。

Yuki 稍稍鬆一口氣，不管那人影到底是什麼，但似乎牠並不會傷害到自己。

可是自己還是離不開這個鬼地方。

這時，走廊左側傳來一聲「吧嗒」。

Yuki 心裡一驚，循聲望去，發現右側盡頭的 312 號單位大門居然打開了一條細縫。

那道細縫黑森森的，完全看不見屋內的情況。

Yuki 盯著那扇門，她已經不知在這一層裡跑過多少遍，所有單位的門都被她敲打過無數次，她都幾乎認定了這些門只是牆壁上的裝飾。

這到底是離開的轉機，還是另一個危機？

正當她猶豫不決時，拖鞋走路聲再次從走廊另一側響起，吱吱吱的，這令 Yuki 頓時下定了決心。

她已經受夠了！

不管怎樣，總比被困在這個永無天日的地方好！

Yuki 小心翼翼地來到 312 號前，一手舉著手機，另一隻手輕輕推開了大門。

隨著門鉸發出一陣「伊呀」聲，312 號的屋內狀況映入眼簾，只見裡面漆黑一片，走廊明滅不定的燈光驅散不了屋內的黑暗，只能勉強照亮玄關處的地板。

Yuki 伸手往大門旁邊的牆壁上摸索著，摸到開關，按下去後，燈卻沒有亮。

她深吸一口氣，踏進屋內，並舉起手機調校成夜間拍攝的模式，手機的前置燈光頓時亮起，在牆壁上照出一圈白光。

在燈光照射下，隱約能看到屋內的擺設和傢俱，除了款式有點陳舊之外，看起來是再也普通不過的住宅。

這個單位格局是三房一廳，Yuki 一邊逐一查看每個房間，一邊警惕著手機螢幕上會不會出現她肉眼看不見的怪物。

可是當她走出最後一個房間時，依然一無所獲。

這裡除了每個房間都開不了燈外，其餘的完全沒有異常，就只是個尋常的家。

Yuki 說不清自己到底該感到失望還是慶幸，她自然不希望遇到怪物，但像現在什麼都沒有發生，那意味著她又再次回到原點——被困在這裡。

此時，手機的燈突然熄滅，螢幕也變得暗淡。

Yuki 嚇了一跳，這才發現是因為自己並沒有真的在拍攝，開久了手機便進入省電狀態。

正當她想伸手重新點亮螢幕時，眼角尾角瞥到敞開的門。

心裡瞬間一寒。

有一個人形的輪廓出現在大門前，一動不動的，擋住了部份燈光，形成一個黑色的剪影。

但……地上卻沒有影子。

Yuki 連忙舉起手機，手亂腳亂地重新設定成夜間拍攝，想要看清門口詭異的身影。

可是出乎意料的是，螢幕上所拍攝到的大門根本沒有半個人影！

Yuki 愣了一下，再度望向門口，那黑色剪影明明清晰可見。

難道黑影和走廊的怪物相反，是只有她肉眼看得見，而手機拍不到？

疑惑之際，一隻手忽然從身後拍上她的肩頭！

「呀呀呀！」

Yuki 舉起手機反手就要砸過去，卻被對方一把握住，她定睛一看，透過走廊忽明忽暗的燈光，依稀能看到一張精緻漂亮的臉。

「你……是萬小莉師弟？」

魏明珠微微一笑，鬆開 Yuki 的手。

「對。」

眼見終於有一個活人出現在面前，而且還是認識的，Yuki 怦怦亂跳的心總算稍稍平復，緊繃的神經也放鬆下來。

「你是來救我的嗎？萬小莉呢？」

魏明珠搖搖頭。

「不知道。」

「那你能帶我離開嗎？我一直被困在這一層！」

「不知道。」

Yuki瞪著他純真無害的臉。

「那你來幹什麼的？」

「嗯……不知道。」

「那你到底有什麼是知道的？！」

魏明珠像是完全察覺不到Yuki的怒意，仍舊維持著他一貫泰然自若的表情說道：「我知道你把她帶來了，就在門外。」

「什麼？她？」

Yuki一頭霧水，正想開口問時，耳邊傳來了熟悉的吱、吱、吱、吱……

這聲音聽起來就在附近。

Yuki抬眼望向大門，卻見那黑色剪影已經不見。

難道……

她立即舉起手機。

螢幕上，有一個人走進來了。

吱、吱、吱聲越來越近。

倏地，怪物的身影一閃，剎那間已近在咫尺，Yuki手腳卻像是被釘住一般，動彈不得。

電光石火之間，一個身影擋在她面前，一股強大的氣場讓她不禁踉蹌的後退兩步。

「出來，厲鬼。」

只見魏明珠抱著一隻不知哪裡冒出來的 Hello 兔玩偶，氣定神閒的直視前方，從他身上 Yuki 能感受到一股排山倒海的壓迫感，讓她心底湧現出一股悶氣，幾乎喘不過氣。

怪物的身形一頓，但下一秒已飛撲過來。

魏明珠嘴巴吐出一個字：「上。」

霎時間，Yuki 只覺全身像是被無數鈍器擊打，痛得她不禁慘叫出聲，倒在地上。可她低頭一看，身體根本沒有受到傷害。她沒心思疑惑，只因全身實在疼痛不已，而且心中的悶氣越發強烈，讓她即使張大嘴巴卻依然無法呼吸。

「抱歉，忘了你是高靈體質。」

一隻冰涼的手握住了她的手臂，頓時身體像是被注入一陣涼意，驅散了心中的悶氣之餘，連帶那強烈的痛楚也消息不見。

Yuki 抬頭一看，只見魏明珠手上抱著玩偶，臉上多了幾道細碎的傷口，嘴唇也破了皮，就像是捱了幾巴掌似的。

儘管如此，魏明珠的表情卻沒有絲毫變化，仍然一副雲淡風輕地微笑著。

Yuki 心中頓時滿是愧意。

「你沒事吧？你為我擋下攻擊？」

「這些傷不是攻擊造成的，而是我使用寵物的副作用。」他頓了頓，指著怪物說：「而且她本來也沒有要攻擊你，她攻擊的對象是我。」

「你？為什麼要攻擊你？」

「大概是因為我剛才上了她老公身，沾染了點氣息吧。」

「吓？」

Yuki一愣，舉起了手機。

這次手機終於對得上焦，兩個身影出現在螢幕上，一個是闊口大眼，面目猙獰的長髮鬼，正高舉著刀刃；而另一個卻是……Hello兔？！

只見一個滿是血污的Hello兔玩偶頭顱被縫在一具女性身軀上，正擋在魏明珠面前，牠手腳和身體都有多處縫補痕跡，渾身青紫，看起來比那女鬼還要詭異。

只見長髮鬼目露凶光，正一刀又一刀的狠狠刺向Hello兔，每一刀都捅至刀柄，深入骨髓，彷彿有著血海深仇的恨意。

但Hello兔似乎無動於衷，筆直的站立著，任對方宰割。而在牠的周圍隱約能看到一團淡淡的血霧，正逐漸籠罩著牠們，隨著Hello兔被刀刃傷得越多，血霧就越發濃烈。

最終，螢幕上一片血紅，什麼都看不見。

「到底發生什麼事？」Yuki茫然地問。

「我的寵物正在和惡鬼戰鬥。」

「惡鬼？所以是惡鬼把我困在這裡？」

「不是，牠才是被困的那一個。」

「……什麼意思？」

話音剛落，Yuki的口鼻突然被一股血腥味入侵，耳邊響起淒厲的叫聲。

與此同時，萬小莉這邊也如臨大敵。

大頭怪嬰是吃掉母親內臟而生的怪物，自然不會是什麼善類，牠智力如同一歲孩童，而且嗜血如命，根本無法跟牠正常溝通。

牠一見到屋內的傷者，便興奮地發出呀呀叫聲，想要撲上去大快朵頤，萬小莉眼明手快的變出紅線，「咻」的一聲將牠綁住。

紅線深陷進大頭怪嬰的皮肉，牠卻似乎一無所覺，只是露出困惑的神情，揮動著雙手想要往前走。

紅線是開光法器，對使用者會有力量加持，但儘管如此，萬小莉用盡十條紅線，而且使出吃奶的力氣，卻依然只是勉強壓制住大頭怪嬰。

這時保安大叔反應過來，他雖搞不清楚門板為何突然倒下，但當下最重要的是自己行兇敗露了，便立即丟下刀子，想要奪門而出。

萬小莉騰不出雙手，眼見保安大叔就要逃走了，情急之下不知哪來的力氣湧出，雙手猛地一扯，扯得大頭怪嬰倒退一步。與此同時她輕躍而起，一記側踢狠狠擊中保安大叔的頭，將他踹翻在地，然後用力地一腳踩在他的胸腔上，防止他逃跑。

這時，四周的鄰居開始聞聲而來，有些人見狀便連忙撥打九九九，有些人上前幫助按住兇徒，而有些人則去照顧傷者。

「小妹妹，我們幾個大人已經壓住他了，你別怕。」

萬小莉不敢動亦不敢回答，咬緊了牙關，雙手青筋暴突，生怕自己有一絲鬆懈。

在外人眼中，萬小莉一直雙手握拳，舉在胸前，一副在擺拳擊招式的奇怪模樣，就只有萬小莉知道，她在用力拉扯著大頭怪嬰。

面前突然出現那麼多人，在大頭怪嬰眼中就如同很多肉塊。牠視線在血泊中的傷者以及眾多住戶們之間骨碌一轉，最終選擇了後者。

萬小莉見牠直勾勾地盯著住戶們，口水直流，就已經心知不妙。只見牠轉身就要撲向她身後的住戶，紅線就再無法拉扯住牠，萬小莉一咬牙，決定賭一把。

她猛地收回紅線，紅線立即在手上轉化成為——花繩！

失去了紅線束縛，大頭怪嬰先是一愣，接著臉上狂喜，怪叫著飛撲向門口香噴噴的肉肉。

「蜘蛛網，起！」

萬小莉趕在牠的血盆大口咬下距離最近的住戶前，迅速翻出蜘蛛網狀的花繩。一張紅光四射的網瞬間籠罩住大頭怪嬰，眼見牠的牙齒和那住戶的頭只相隔幾厘米左右，萬小莉在心裡抹了一把汗。

大頭怪嬰嗶嗶地叫喊著，奮力想要掙脫蜘蛛網，萬小莉連忙催發靈力，讓蜘蛛網把牠死死釘在地上。

但如此一來，她就陷入了和大頭怪嬰之間靈力與體力的拉鋸戰。

一個大媽見萬小莉站在玄關處，雙手僵在胸前，便拍了拍她的肩膀說道：「小妹妹你讓一讓，等一下救護車來，你站這裡會擋住門口的。」

萬小莉全身精力和靈力都用來和大頭怪嬰抗衡，一旦說話或移動了必定會靈力外洩，根本無法開口回應。

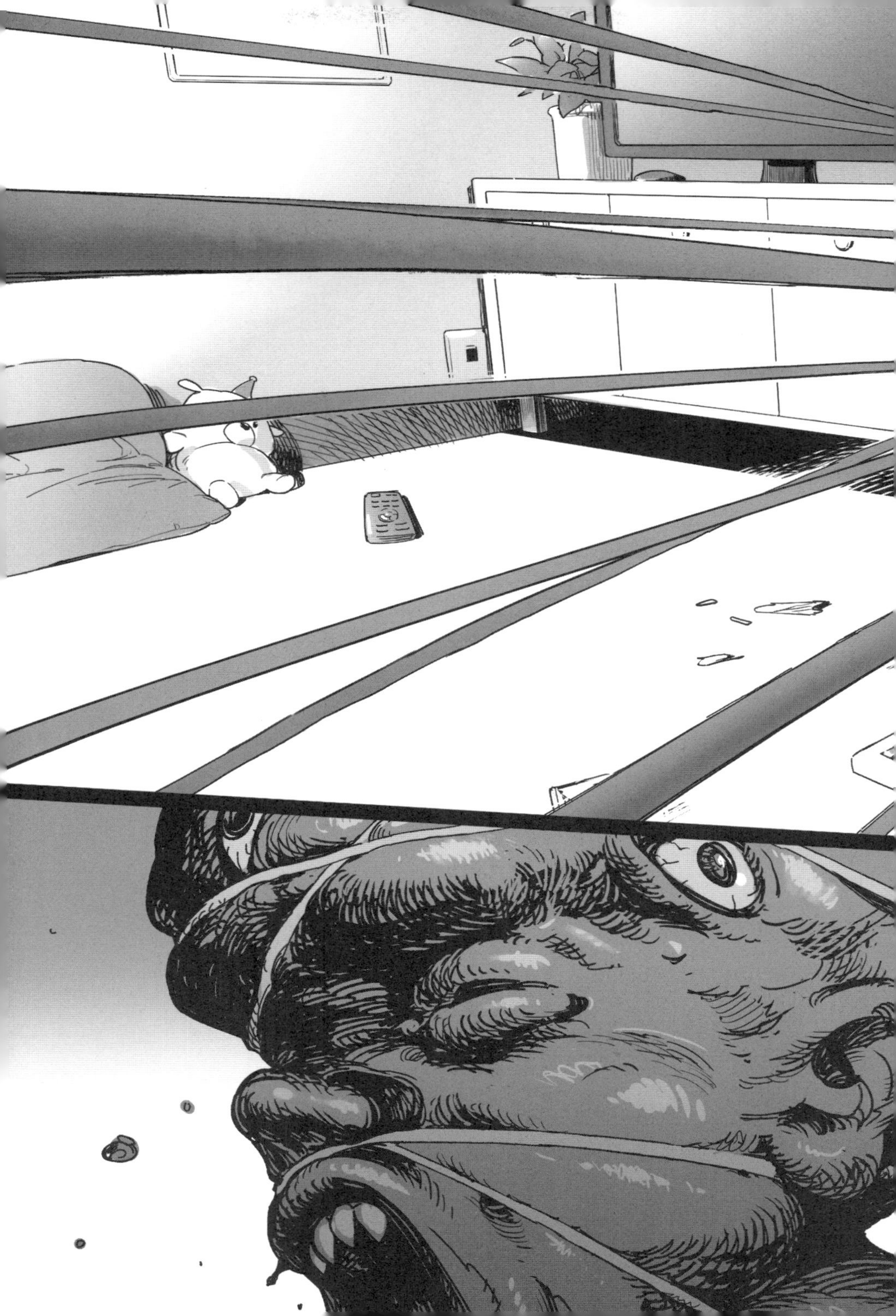

大媽見萬小莉不理不睬的，心裡開始來氣，便陰陽怪氣起來。

「現在的年輕人真是的，目無尊長，連回應一聲也懶得回，十問九不應。」

一旁也有人跟著附和，叫萬小莉別擋路。

萬小莉從小到大都是個乖孩子，哪試過被人如此責罵，頓時紅了眼眶，當真是有苦說不出。

可是現在她別無他法，自己一旦鬆懈，大頭怪嬰絕對會大開殺界。

「喂，你合作點，移過一點很難為你嗎？」

一個住戶看不過眼，見萬小莉不理人，便走過來伸手拉她。

萬小莉當下急了，真是叫天不應叫地不靈！

眼見那個住戶已經抓住自己手臂，她只好身子一蹲，紮起馬步。

眾人見萬小莉的姿勢如此怪異，面面相覷，都以為她在發瘋，一時間再沒有人敢來拉她。

「小妹妹，這個東西是你掉的嗎？」

這時，一個住戶在她腳邊撿起一顆棕色他媽哥池，然後遞到萬小莉面前。

萬小莉一看，大喜過望，也顧不得旁人眼光，當場對著那個他媽哥池大喊：「出來，泥媽媽！」

第十五章 眼中的怪物•五

在 312 號單位裡，戰鬥似乎陷入膠著狀態。

「咻」的一聲，長髮鬼的刀光一閃，破開血霧，利刃直逼魏明珠。只見 Hello 兔身形一晃，為他擋下了所有攻擊，無論牠往哪個方向進攻，Hello 兔都將魏明珠保護的嚴絲密縫。

「賤人！賤人！賤人！」

長髮鬼似乎被眼前景象激怒了，發出怒吼，不顧一切的撲上來，可 Hello 兔就如同一面堅硬的銅牆鐵壁，擋在魏明珠身前，身形屹立不倒。

血霧已將長髮鬼徹底籠罩，霧氣在牠身上形成一顆顆血色的水珠，卻並沒有往下滴落，而是像水蛭一般緊緊吸附著她。

伴隨著血珠越多，魏明珠身上的傷撕裂得越發嚴重，五臟六腑都受到重擊一般，這讓他不禁皺了一下眉頭。

但嘴角仍舊掛著笑容。

旁門左道之所以會被視為邪術，只因或多或少都會有副作用，而毛名他們三人之中，就屬魏明珠所修之道的副作用最為嚴重。

他養的「寵物」全都是特級極強的猛鬼，平日需以自身的靈力飼養，每次使用還會被牠的怨氣所傷，力量越強，傷得越重。

也就只有魏明珠受得了。

長髮鬼身上的血珠越來越多，密密麻麻的就如同長滿水痘一般。長髮鬼發出一聲咆哮，白光一閃，手起刀落，竟是往自己身上揮刀，無數血珠被牠一分為二。

可是這反倒增加了血珠的數量，把牠全身緊緊包裹住。

就像葡萄一樣，魏明珠在心裡如此評價。

數之不盡的血珠使牠的攻擊稍稍變緩，高舉利刃的手越發無力，似乎是被打敗了。

眼見長髮鬼已動彈不得，魏明珠開口說道：「回來吧，厲鬼。」

話音剛落，Hello 兔的身形就消失不見了。

「……結束了？」Yuki 問。

「嗯，打完架了。」

「已經殺了惡鬼？」

魏明珠笑了出聲。

「鬼本來已經死了，所以是殺不死的，最多只能把牠打到魂飛魄散，讓牠不成人形。不過對方是惡鬼，要魂飛魄散可不容易。」

「為什麼？」

「怨氣和執念過重的亡魂要不就變成惡鬼，不然就是厲鬼，這兩者的分別在於前者相對上執念更重，後者則是怨氣更重。不過兩者意念都是過於強大，若要強行打散牠的魂魄，會讓自身都受到反噬，變成兩敗俱傷。」

「那……」Yuki 環顧四周，只見自己還是身處在漆黑的單位內。「既然你打敗了惡鬼，為什麼我們還未回到現實世界？」

「我剛才不是說了嗎？真正被困住的是這隻惡鬼，而我們只是不小心誤闖進來的倒楣蛋。」

Yuki 瞪大眼睛。

「所以我們出不去了？！」

魏明珠笑著聳聳肩，目光落在單位裡的那個黑影上。

牠不知何時已來到他面前，正靜靜地注視著被血珠包裹的長髮鬼。

陡然間，長髮鬼猛地躍起，直衝到魏明珠面前，奮力一擊——

魏明珠手上的 Hello 兔玩偶及時飛起，利刃插進了它的身體裡，而魏明珠眼明手快地伸手一揮，手中的某件物打中了長髮鬼，發出「砰」的一聲。

長髮鬼直直的倒下。

Yuki 在一旁只見到 Hello 兔飛了起來，而魏明珠忽然甩出了什麼……是個貼了符籙的搖搖？

「發生什麼事？」

「嗯……沒什麼。」魏明珠表情輕鬆地說，並不太想告訴她自己剛才大意了的事。

一時間兩人陷入沉默，空氣突然安靜。

而黑影換了個角度，凝視著躺在地上的長髮鬼，這似乎是牠的唯一執念。

另一方面，萬小莉正呼喚出泥媽媽。

一對牽著手母子出現在她的面前，鼻孔和嘴巴都在流著泥漿，兩人均沒有眼珠，空洞洞的眼眶裡只有泥土。

萬小莉一開口，靈力少不免便鬆懈了些許，大頭怪嬰趁機猛烈地甩頭，竟被牠掙脫開了一條手臂。

萬小莉又再催動靈力，幾乎把靈力榨乾，她不敢再張開口，只能從牙縫中擠出聲音說：「制伏——牠——你兒子——要——什麼——玩具——都買——」

一旁的住戶疑惑地望向萬小莉，說：「我沒有兒子呀？」

泥媽媽低頭望向兒子，而泥孩子舉起手，開始在比劃著。

萬小莉知道牠肯定是在獅子開大口，她此刻無力去猜想牠想要什麼玩具，儘管腦海有一瞬間中閃過錢包裡孤零零的二十元，但她也只能大叫道：「不管是什麼！我都買！」

泥孩子聞言，便向母親點了點頭，泥媽媽隨即化成泥漿，撲向大頭怪嬰。

大頭怪嬰的雙手此時已經獲得自由，正在試圖想扯掉剩餘的蜘蛛網。眼見泥媽媽撲向自己，便揮舞著手想要打倒牠。

但面對泥漿這種不成形的東西，物理攻擊根本無效，帶著勁風的拳頭猶如落入棉花之中。

而泥漿趁機包裹住牠的拳頭，順著手臂往上爬，瞬間便讓大頭怪嬰全身覆蓋著泥漿。

大頭怪嬰一邊嚎啕大哭，聲音大得震耳欲聾，一邊在地板上滾動著身體，試圖把泥媽媽蹭掉。

可泥媽媽的速度還是更勝一籌，只見牠身上的泥漿迅速硬化，變成一尊巨大的泥石象，動彈不得。

萬小莉這才鬆一口氣，靈力耗盡，攤倒在地上。

周遭的住戶眼見她像是在和空氣打架，又大喊大叫的，看得目瞪口呆，就連被人按倒在地上的保安大叔一時間也看得忘了掙扎。

半晌過後，一名住戶小心翼翼地走上前，輕拍萬小莉的肩頭，說：「小妹妹，讀書是很重要，但也別逼得自己太緊，會逼出病的，不開心的話記得打去撒瑪利亞防止自殺熱線。」

萬小莉一愣，正想回答，震耳的火警鐘聲卻在此時響起，仔細一聽，似乎是樓下傳來的。眾人頓時顧不上萬小莉。

「火燭呀！」

「走呀！」

「這個保安怎麼辦？」

「抓住他！」

有兩個男住戶一人一邊抓住了保安大叔的手臂，可是更多住戶都只顧著互相推撞，爭先恐後地衝到樓梯間，混亂間，其中一個男住戶摔了一跤。

「小心！」

萬小莉好不容易爬了起來，見狀便撕扯著喉嚨大叫，想要蓋過一片嘈雜提醒眾人別讓大叔逃跑。

但根本無人理會。

保安大叔掙脫了束縛，深色的保安制服沒入人群之中。

萬小莉拖著疲倦的身體，跟著住戶後面走進樓梯間，但當她來到三樓時，卻看到防煙門外擠滿人，而樓梯間卻空無一人。

奇怪，不是火燭嗎？外面那些人為什麼不逃？

她拉開防煙門，對外面的住戶問道：「發生什麼事？」

那位住戶沒好氣地指著走廊方向說：「你自己看。」

萬小莉於是擠進人群中，聽到前方的人在罵著。

「神經病呀！半夜三更在燒什麼香？」

「對不起！」

「媽的！我層樓還未供完，燒了你要怎樣賠我？」

「對不起！」

「我的已經供完了更慘呀！」

「對不起！」

幾經辛苦，萬小荊終於擠到前排，也總算看清在走廊裡有一個少年被眾人團團圍住，而少年正不斷叩頭道歉。

萬小荊覺得這少年看起來十分眼熟……

這時，她身邊有一把女聲驚呼道：「潘少衡？！」

火警響起時，Yuki 和魏明珠還在 312 號單位裡，大眼瞪小眼。

才一眨眼工夫，他們兩人就發現自己身處在燈火通明的屋內，四周的擺放著充滿生活感的傢俱。

而單位的門口大開，從門口看去外面聚集了不少人，響亮的火警鐘聲正是從門外傳來的。

「……我們回來了？」Yuki 迷茫地問。

魏明珠笑了笑，說：「應該是吧，因為我們看起來擅闖民居了。」

Yuki 瞬間驚覺，幸好 312 住戶似乎走出家門看熱鬧了，她和魏明珠便趕緊溜出門口，混進人群裡。

所有住戶都在叫罵著，Yuki 和魏明珠在人群中緩緩移動，想要擠到後樓梯然後逃走。

但就在這時，Yuki 聽到一把她再熟悉不過的嗓音喊著：「對不起！」

她往聲音方向擠過去，終於看清走廊的情況。

「潘少衡？！」

只見潘少衡跪在地上不停道歉，身旁擺放著一個已熄滅的火盆，腳邊有一袋金銀衣紙。

聽著住戶們的謾罵，再加上對潘少衡的了解，Yuki 大概拼湊出事情經過，不禁扶著額頭嘆氣。

這白痴肯定是為了見鬼，不知用什麼方法查到他們在三樓，特地來到三樓召魂，還燒了衣紙，然後觸發了煙霧感應器，才會讓警鐘響起。

身為一個終極靈異愛好者，有一疊金銀衣紙傍身，也很符合這白痴的風格。

……咦？等等。

火警鐘？

紅色警鐘？

原來如此！難怪他們突然回來了！

Yuki 心裡暗暗咒罵著那爛鬼規則，直接寫火警警鐘不行嗎？害她和那隻惡鬼玩了這麼久啩啩轉！

潘少衡犯了眾怒，被所有住戶包圍，完全無法脫身。

萬小莉和 Yuki 兩人對視一眼，不約而同地向他投去一個歉意的眼神，然後緩緩擠向樓梯方向，溜之大吉。

魏明珠自然緊隨兩人身後，連眼尾都沒有瞧潘少衡一眼。

潘少衝見到他們，心中一喜，但一接收到他們的眼神，頓時欲哭無淚。不過他深知必須一人做事一人當，自己闖的禍就只能自己哭著承受。

這次真的賠了夫人又折兵。

三人在樓梯間不敢逗留，快步往下奔，等到離開了D幢，才總算敢鬆一口氣。

Yuki抬頭望見到天上的月亮，有種劫後餘生的感動。

魏明珠一見到萬小莉筋疲力盡的模樣，臉上的笑容終於掛不住，三步併成兩步衝上前扶住搖搖欲墜的她，開始往她身上輸靈力。

而萬小莉見他遍體鱗傷，便知道他放出了厲鬼。

兩人之間有種默契，並不需要多問，已猜得到彼此經歷了什麼。

「學姊，你沒事吧？」萬小莉問。

面對萬小莉關心的眼神，Yuki笑著搖搖頭，剛才她還誤會自己被拋下了，其實當時自己仔細觀察的話，就會注意到種種不尋常之處。

明知是來靈探，發現同伴不見居然沒聯想到是撞鬼，自己也真是有夠蠢。

「抱歉，讓你遇到危險了。」萬小莉說。

「我又沒有受傷，反而你看起來比較有事。」

「我沒事，只是太累了。」萬小莉說著，便簡單講述了自己剛剛經歷的事。

「保安試圖刺殺住戶？為什麼？」

「我也不知道。但如果……我當時能早點發現那個大叔不對勁，說不定那女住戶就不會受傷。如果是毛名的話，他肯定能發現得比我早……」

見萬小荊自責起來，Yuki 便打趣地說：「毛名哪走得完那麼多層樓梯，他肯定半路中途就暈倒了，根本不會見到那個保安。」

萬小荊一聽，啞然失笑，點頭附和。

魏明珠在一旁默默聽著兩個女孩吱吱喳喳地聊著，並沒有加入。臨走前，他又回頭看了一眼D幢。

第十六章 眼中的怪物・尾聲

第二天，報紙上就刊登了康美花園保安謀殺住戶未遂的新聞，據報導所說，那名保安懷疑是被該名女住戶投訴，因而被辭退，他心生不憤，於是在離職後故意不交還制服，打算裝成保安溜進大廈行兇。

不過那名保安目前正在潛逃，當晚他在火警鐘響起時趁機逃跑後就不見蹤影，閉路電視也沒有拍到他離開大廈的畫面，警方呼籲市民提供線索，請勿私藏逃犯。

而報道中也有提到一名中學生在樓梯間點火引發警報器，才讓保安逃跑，卻把萬小莉擊倒保安大叔的事說成是住戶們聯手制伏。

與此同時，一段萬小莉和大頭怪嬰搏鬥的影片開始在網上流傳。

不過那都後話。

這次靈探之旅，四人均有些損傷，潘少衡當晚被帶去警局，雖然很快被父母保釋，但少不免被父母藤條侍候；萬小莉無論體力和靈力都消耗殆盡，儘管她身體向來健康，還是請了一天病假休養；魏明珠受的傷雖然不重，但傷口遍布全身，不過他本人並不在意，第二天以全身貼滿膠布的造型上班，把羅記嚇了一跳。

至於 Yuki，她算是四人中損失最少的一個，除了當時被嚇到之外，回來後的生活並沒有太大影響。

可是她總是會想起當晚在三樓發生的一切。回家後，她已立即上網翻查有關康美花園的靈異事件，自然也看到有關烹夫案的報道。所以那個長髮惡鬼是兇手陳玉潔？而後樓梯出現的垃圾和血水，難道是她在重覆著當年棄屍的行為？

可是 312 號單位裡的黑影又是誰？是唐秋嗎？為什麼牠們一個就只能透過鏡頭看到，另一個就只能用肉眼看到……彷彿牠們是身處在不同空間。

由於心中的疑問太多，於是 Yuki 等到潘少衡父母終於氣消了，肯解除他門禁時，便和他一起去找魏明珠。

但魏明珠的答案還是那三個字。

「不知道。」

Yuki 和潘少衡聞言，有點洩氣，尤其是潘少衡。到頭來他還是未能見到鬼，自己還被父母扣了零用錢，直到能抵消保釋金為止。

「那為什麼那幢大廈會如此古怪？根據那份規則，還有在大廈外我已經感覺到不對勁，似乎不只是三樓會鬧鬼。」Yuki 問。

「是磁場問題，陳玉潔作供時說自己被鬼纏身，說不定不是瘋了，而是真的見鬼。事到如今到底源頭是什麼已經無從得知，總之那裡匯聚了太多的執念，負能量是會互相吸引，但負負並不會得正，而是會更加負面消極，久而久之那裡的磁場就受到影響，也是那裡自殺率高的原因。」

「那……如果我搬去住，是不是就更有機會見鬼？」潘少衝興奮地問。

「可能吧。」魏明珠輕笑著，給出一個模稜兩可的答案。

就在潘少衝心中暗下決定，從此要節衣縮食，儲錢買樓時，魏明珠像是突然想起什麼，說道：「對了，我注意到一件事。312 號單位裡的鬼，似乎總會默默注視著那個長髮惡鬼，而那個長髮惡鬼卻好像注意不到對方的存在。」

「312 號的鬼如果是唐秋，那他是死後變成了地縛靈？」

潘少衝突發奇想，伸出手擺出柯南的手勢，興奮地說：「真相只有一個！兇手陳玉潔聲稱丈夫出軌，但好像是找不到出軌證據的，說不定死者唐秋始於深愛著太太，即使死後仍默默地守護著她，不肯投胎。可惜陳玉潔執迷不悟，所以才發現不了丈夫！」

Yuki 聽罷，覺得有點道理。

現在回想起來，那隻惡鬼並沒有攻擊她，甚至並沒有追趕她，在那無限循環的空間裡，她和牠都是被追逐的一方。

在牠眼中，說不定她才是怪物。

自己被困的時間還不到一小時，就已經如此絕望。但牠卻是永無止境的被困在那裡，而牠的丈夫就只能在另一個空間默默看著妻子。

……總覺得有點悲傷呢……

「不對喔，真相不一定只有一個。」魏明珠笑瞇瞇地說。

「嗯？」

「可能牠的丈夫是深深地憎恨著妻子，牠待在一個妻子再也傷害不了牠的空間，看著妻子因為執念而困在自己的罪孽之中，一遍又一遍地欣賞著妻子深陷輪迴地獄……」

Yuki 和潘少衡並沒有說話。

氣氛瞬間凝固。

魏明珠卻完全不在意，笑道：「我只是提出另一個可能性罷。對了，你們要吃芝士蛋糕嗎？因為毛名想吃，所以我剛剛烤了一個。」

Yuki 擠出笑容回應，心裡百感交集。

是愛？還是恨？

已無從得知了。

就如同當年的真相一樣。

遠在鰂魚涌的康美花園 D 幢，有一個人正在樓梯間走動著，邊走邊喃喃自語著：「為什麼，為什麼，為什麼……」

那天火警鐘響起，他趁亂混進人群中，所有人都在往下跑，而他則是往上跑。

上層的人並不像四樓住戶早已聚集在走廊，所以當他跑到五樓時，樓梯間只有一兩個人往下跑。他裝作維持秩序的模樣，指揮住戶別爭先恐後，暗地裡用保安鎖匙打開電錶房，趁沒有人察覺便閃身躲了進去。

他的背包裡有一瓶水，要在這裡熬一段時間應該不成問題。而且幸好他早有準備，帶了一套便服，等到風頭過去，他換掉保安制服，再戴個口罩，就能神不知鬼不覺地偷偷溜走。

他耐著性子等了又等，電錶房裡悶熱得很，只有靠近門縫邊才感覺呼吸順暢些。也許是空氣不流通導致二氧化碳太多，他在狹小的空間昏昏欲睡，不知過了多久才驚醒過來。

一看手機，螢幕顯示22：42。

自己居然睡了一整天。

他趴在門上聆聽外面的動靜，好一會兒後才敢試探著走出電錶房。

樓梯間空無一人。

他心裡一喜，果然天無絕人之路！

想必警方已經在通緝他，但他有門路能暫時離開香港，所以只要能逃出這裡，他就得救了！

他一邊飛快地往下奔跑，一邊撥打電話給能接應他的人，卻發現訊號很不穩定，對方聲音斷斷續續的。

也罷，等離開大廈之後再撥打吧。

他繼續往下走，卻漸漸察覺到異樣。

自己到底走了多少層？

目前自己身處三樓，可是他總感覺已經走了不只兩層……

他急匆匆地跑向下層，駭然發現下層的牆壁上，寫著顯眼的「3」字。

他慌張地拔足狂奔，跑了一層又一層，一會往上層跑，一會往下層跑，試過推開防煙門繞去另一邊的樓梯間，也嘗試搭升降機……

不管他用什麼方法，不管他逃到哪裡，那個代表三樓的「3」字都如影隨形。

「為什麼？為什麼？為什麼？」

他近乎崩潰。

他想起那份《夜工保安員巡邏時應注意事項》，自己明明遵守了規則，為什麼還是出不去？！

驚慌、崩潰、絕望、麻木……不知到過了多久，他已如同行屍走肉一般，機械性地在三樓走動，重覆著永無止境的路線。

直到某次經過電錶房，瞧見電錶房門口上的告示，他猶如一灘死水的大腦倏地閃過一個念頭。

那告示寫著：危險有電，如非保安員，不得內進。

對了，那是《夜工保安員巡邏時應注意事項》，而自己早已被辭退。

這就是為什麼……

他的嘴角扯出一抹僵硬的笑容，彷彿是在擠出最後一絲情緒，半晌後便再次如死水般麻木，繼續拖動搖搖晃晃的步伐，在樓道裡漫無目的地行走。

在這幢大廈裡，徘徊不斷的幽靈並非只有他一個。

他也不會是最後一個。

三樓的吱、吱、吱拖鞋聲仍舊響起。

大廈外如雨點一般的黑影持續墮下。

第十七章 師父

康美花園事件過後，潘少衡被他爸禁足了。

毛名自然樂見這結果，不是他心地不好幸災樂禍，而是他實在和這種性格大咧咧的人八字不合，所以還是少見為妙。

誰知清閒日子過了沒多久後，潘少衡和 Yuki 就找上門了，因為潘少衡要正式拜魏明珠為師。

而更讓毛名驚訝的是，魏明珠和他們居然已經熟絡到交換了手機號碼，知道他們要來，還特地下廚招待。

魏明珠這個人除了性格怪了點外，其他方面都是無可挑剔，完全是入得廚房出得廳堂，輕輕鬆鬆地端出了四餸一湯，有菜有魚有肉。

Yuki 和潘少衡看著桌上冒著熱氣，色香味俱全的餸菜，都不禁面露驚訝的表情，因為魏明珠怎樣看都不像是廚藝如此了得的人。

很難想像他一副仙氣飄飄不食人間煙火的模樣，卻穿著圍裙在廚房裡揮舞著鑊鏟。

毛名卻早已習以為常，夾著筷子挑挑揀揀，表情嫌棄。

魏明珠也不生氣，笑瞇瞇地幫毛名夾菜。

「要吃菜嗎？」

「我不要。」

「那要吃雞嗎？」

「我不要有骨頭的。」

「魚呢？這塊魚肚沒有骨的。」

「行，但不要魚皮。」

眼見魏明珠像個老媽子一般認真地幫毛名挑著魚皮，而毛名則理所當然地吃著他夾給自己的菜，坐在桌子對面的 Yuki 和潘少衝不約而同對視一眼。

Yuki 很快便決定遵守食不言的傳統美德，別人家的事，自己還是少管為妙。

可惜她忘了潘少衝沒這種常識，只聽到他開口問道：「你們是什麼關係——哎呀！」

Yuki 的腳踝狠狠地踩在潘少衝的腳板上，但還是晚了一步，他已經問了出口。

魏明珠聞言，眨了眨眼睛，有點困惑地反問：「咦？我自我介紹時沒有說嗎？我是小名的師弟。」

毛名並沒有說話，他知道他們兩人在疑惑什麼，但他懶得跟外人說明。

他和萬小莉以及魏明珠的關係，可不是三言兩語就能說得清。

潘少衝還在繼續追問：「一般來說師弟不會——痛！痛！痛！」

身邊的 Yuki 幾乎是咬牙切齒，從牙縫擠出聲音，以只有潘少衡聽到聲線說道：「你不說話沒有人覺得你是啞巴！」

接下來直到四人用餐完畢，潘少衡的嘴巴都沒有發出吃飯以外的聲音。

吃完飯後，潘少衡自告奮勇提出幫準師父洗碗，其餘三人在客廳裡大眼瞪小眼的，無話可聊。

毛名和魏明珠都不是會介意氣氛的人，就只有 Yuki 一個尷尬得雙手無處安放。她左思右想，最終小心翼翼地問：「請問……可不可以開電視？」

「可以喔。」魏明珠把電視遙控器遞給她。

Yuki 正打算按下按鈕，卻聽到毛名慢悠悠地說：「我們家裡這台是靈異電視，按下去後會有靈異事件的機率高達七成，輕則跳雪花，重則會有奇怪畫面。」

Yuki 的手一頓。

為什麼好端端的家裡會有靈異電視？！

但轉念一想，兩個會養鬼仔的人家裡有靈異電視，好像也很正常。

「放心，沒試過有貞子爬出來。」魏明珠說。

Yuki 立即放下遙控器。

經過康美花園靈探後，她短時間內並不想再撞鬼。

吃飽喝足洗完碗後，總算要開始辦正事——拜師。

雖說是拜師，其實就只是潘少衡拿了包檸檬茶倒進杯子裡——因為毛名不喝茶，家裡最接近茶的飲品就只有這個——然後彎腰鞠躬，把杯子遞給魏明珠。

喝完後，魏明珠讓潘少衡來到客廳的一幅黑白照片面前，說道：「來拜一下師公。」

「師公好年輕……」

照片中是一名男子的大頭相，目測約莫三十來歲，一頭長髮鬆垮垮的披散在肩上，五官清雋俊美，笑容溫潤如玉，看起來不像道士，反而像是個風度翩翩的貴公子。

總覺得他會搖著紙扇，穿著唐裝，出現在民初電影裡。

這人正是毛名他們三人的師父——萬一帆。

潘少衡恭恭敬敬地上了一炷香後，就算是正式拜師了。

他表情雀躍地喊了聲「師父」，然後又對著毛名喊道：「師伯！」

毛名臉色瞬間像吃了大便一般臭，怒吼道：「別伯伯聲的亂叫！都把我叫老了！」

潘少衡一愣，而 Yuki 立即打圓場說：「大家都是同輩，輩份的稱呼不用那麼計較吧，以後還是叫名字比較好。」

潘少衡有點委屈，垂頭喪氣地問魏明珠：「那……我可以叫你師父嗎？」

魏明珠笑道：「可以。」

潘少衡頓時滿血復活，容光煥發。

毛名哼了一聲，心裡總有點不是滋味。

魏明珠這傢伙，明明向來只對他和萬小荊好，對其他人永遠都帶著疏離感，現在居然收了個陌生人當徒弟。

「師父！那我們的門派叫什麼名字？」

「沒有名字。」

「萬、萬一有人問起呢？」

「那就回答旁門左道吧。」

「我以為起碼會有羅剎教白蓮教之類的稱呼……」潘少衝失望地說。

「你把我們當成什麼反派組織？」毛名吐糟道。「嘛，不過對圈內人來說，我們的確就是個只會一點邪門法術的左道士，但根本不成氣候，所以連門派也稱不上。你也別指望我們能教你多厲害的東西。」

潘少衝認真地說：「我知道，我也不是為了學法術而拜師的。不是經常有那種因為養鬼仔而遭到反噬，或者因此而被鬼纏身的鬼故事嗎？我就是想這樣！正經的道術是用來驅鬼的，所以邪門法術才更適合我！」

「……」

毛名一陣無語後，轉頭問 Yuki：「作為青梅竹馬，你不阻止一下？」

Yuki 一臉平靜地回答：「就是因為青梅竹馬才不阻止，這傢伙從小到大都是這樣，總是愛作死，偏偏又作不死。第一第二次時我還會擔心，到現在已經麻木了。」

聞言，毛名幾乎想伸手拍拍她的肩頭。

相比之下，自己的青梅和竹馬實在正常多了。

潘少衝又纏著他們問東問西的，過了好一段時間後才被 Yuki 扯著耳朵，強迫他離開。待他們走後，毛名終於忍不住問魏明珠。

「你到底為什麼要收他為徒？」

魏明珠愣了一下，一副理所當然的模樣說道：「因為他是你和小荊的朋友呀。」

「……你哪隻眼看到我跟他是朋友？」

「嗯？不是嗎？因為我還是第一次見到你們邀請別人來家裡的。」

「那次——他、充其量只是來送外賣的！要不是看在三文魚籽飯份上，我根本懶得理他！」

一見毛名生氣，魏明珠便摸著他的頭，安撫著說：「乖，別生氣。原來是這樣喔，那我就把他逐出師門吧。」

說罷，魏明珠便拿出手機。

不是吧？拜完師當日就逐出師門？

毛名想起潘少衝拜師後的表情，猶豫了一下，終究還是按住魏明珠正要撥打電話的手。

「現在就逐他出去，也太殘忍了……」

「好，聽你的。」魏明珠收起手機，笑著說：「那我找個機會再逐好了。」

「……」毛名無言。

算了，反正與他無關。

潘少衝，你自求多福吧。

自從康美花園事件過後，萬小荊就再沒有來過毛名家。

由於毛名沒辦法下廚或叫外賣，所以他的伙食一直都是由魏明珠負責，而萬小荊只會在魏明珠晚上有工作時特地前來給毛名送飯。

碰巧在康美花園事件後，魏明珠有一段時間都沒有工作，因此毛名也不怎樣在意。

直到有次魏明珠接到晚上的工作，可萬小荊依舊沒有前來，毛名才總算意識到她不太對勁。

她該不會……是在避開自己？

可是他無法打電話，也拉不下臉叫魏明珠幫他打給她。

這讓毛名心情莫名地煩躁。

白天，魏明珠上班了，他獨自一人躺在床上看漫畫，但翻了幾頁就看不下去，把漫畫丟到一旁。

真是的，現在的少年漫水平也下滑得太多了吧？分鏡爛畫功爛劇情也爛！

毛名沒了看漫畫的興致，只好蓋被子睡覺。可是不知為何，平日只要腦袋沾到枕頭就能立即睡著的他，此刻卻沒有半點睡意。

他捲著被子在床上打滾，想要驅散心中的煩悶感。

不經意間，他的視線落在桌上，上面擺放著他們師父的遺照。

是的，遺照。

師父在一年多前死了。

而且是很突然地在家裡暴斃而亡，法醫完全查不出死因，只知道他的心臟是一剎那間停止跳動。

明明師父的身體一直都很健康，也查不出任何隱疾。

最終，法醫只好以師父患上非現有醫學所認知的病來結案。

毛名他們三人在家裡守了七天，半步都沒有踏出過家門，卻始終等不到師父他回魂。

師父的魂魄不知所終。

自那之後，他的生活就只剩下吃飯、睡覺、看漫畫，和四處調查靈異事件。

他已經習慣了這種日子。

但最近，他隱隱有種生活即將被擾亂的感覺。

先是萬小莉交到了朋友，魏明珠收了徒弟，然後萬小莉又不知道在發什麼神經忽然躲著他……

毛名盯著師父的臉，忽發奇想。

再過幾年萬小莉就要讀大學吧？她會不會住學校宿舍？

魏明珠雖然不愛理會別人，但以那傢伙的臉，不可能沒有人追。會不會哪天被人追到手，開始交往後就搬離這裡？

毛名實在閒得發慌，而人一旦太無聊就容易胡思亂想。

他與萬小莉和魏明珠之間其實談不上關係多好，但自從他中學輟學，以及師父過世後，他的世界就只剩下他們兩個。

他們三個都是怪人，但起碼另外兩人沒有自己這種體質，還是能在外面正常生活。

想著想著，毛名猛地一躍而起，在漫畫書堆中東翻西找了，找出一本封塵的電話簿。

打開一看，電話簿就如同新的一般，就只有第一頁寫著寥寥可數的三個號碼。

而最後一個是萬小荊的。

他拿起電話簿，決定到客廳打電話。

那台電話應該能撐幾分鐘才壞掉的，大不了叫魏明珠買新的。

正當他把手伸向門把時，背後傳來了「吱呀」一聲。

毛名回頭一看，發現衣櫃門開了。

黑貓在地上對他喵喵叫著。

第十八章 不曾知道的話語・一

「歡迎光臨，你最近有撞鬼嗎？」

原本打算邁步踏步文具店的少女腳步一頓，用看神經病的表情望向毛名。

毛名早在店裡等了老半天，門外身穿白色校服的少女實在猶豫太久了。只見她抬著頭盯著門口的招牌，似乎對店名從「大生文具公司」變成「解靈文具公司」感到疑惑。這很正常，但一般人大多只會當成店鋪易手改名了，唯獨這個少女會因此在門外徘徊這麼久。

毛名從來都不是一個有耐性的人，恨不得出去把她拉進來。終於，在毛名的耐性快要突破臨界點時，那個少女總算肯踏進店裡。

然後就被毛名沒頭沒腦的問題嚇得後退一步。

「等等！我不是什麼怪人！」

少女挑起一邊眉毛，明顯不信，又再退後一步。

毛名急了，想起剛才黑貓給的提示，對著她喊道：「你最近撞鬼了對吧？跟上個月的車禍有關？」

他的話的確成功讓少女的步伐改變方向，不過是一百八十度地轉身，背對文具店。

眼見少女就要離開了，毛名站在門口向她背影大叫：「喂！要走的話留下電話——不對，還是留下地址吧！喂！喂！喂！」

少女一聽，腳下生風似的，一下子已不見蹤影。

毛名愣在原地，半晌後低頭望向黑貓，問：「我看起來有這麼嚇人嗎？」

黑貓難得沒有臭著臉對他，而是在他腳邊，用小小的肉掌拍拍他的小腿，低頭嘆氣。

毛名對於自己不擅長社交還是有些自覺的，可是一直以來只要他說出黑貓給的提示，都能成功讓留住對方。

大多數人即使有些戒心，但還是會說出自己的經歷，畢竟說出來又不會有損失。

所以毛名還是第一次踢到如此硬的鐵板。

莫非這次的對象是個社恐？

幸好他記得她校服款式——白色連身裙、棗紅色的領呔，好像是光耀中學的。

第二天，毛名來到光耀中學門前守株待兔。

光耀中學是一所Band 1學生，與之相隔僅僅一條路的，是Band 2學校良德中學。

最近的天氣總是陰天雨天輪番交替，已經有一個多星期不見天日，才不過三四點，天空已灰濛濛的，濕氣重得像是在蒸籠裡一般，悶熱得很。

毛名十年如一日的穿著黑色長袖衫，儘管現在沒有下雨，但衣服像是吸滿空氣的濕氣，黏糊糊的貼在冒汗的皮膚上，讓他怪難受的。

他抓住衣服下襬不斷搧著風，心裡咒罵著濕熱的氣候。

「喂，小子，你一直盯著門口幹什麼？」

也許是毛名 193cm 的身高實在太顯眼，引來了光耀中學的校工注意，便來到門前用審視的眼神打量著他。

毛名僵硬地扯出一抹笑容，回答道：「我在等女朋友放學。」

「女朋友」這三個字一說出口，他自己就先漲紅了臉，尷尬得想找洞躲起來。

不過他這種青澀的反應倒是為他的話增添了幾分說服力，校工點點頭，心裡感嘆年輕真好，肯在大熱天時等這麼久。

這時，放學的鐘聲響起。

學生們開始陸陸續續出現在門口，毛名睜大眼睛緊盯著他們，生怕自己看漏眼。

校工見他一臉緊張，便拍了拍他手臂，安慰道：「年輕人沒什麼好緊張的，最重要的是要安全，還有不要做犯法的事。」

「咳咳咳咳咳——！！！」

毛名被自己的口水嗆到了。

剛想開口澄清，就見到一張有點眼熟的臉映入眼簾。

嬌小的身形，白淨的瓜子臉蛋，有一雙小鹿般的大眼睛，正是昨天到過解靈店鋪的少女。

毛名剛想迎上前，卻見她身邊圍繞著幾個女同學，一群人有說有笑的，這讓他一時犯難了。

這麼多人，有點難開口耶……而且她原來不是社恐。

毛名眼角餘光瞧見校工正在看著自己，只好硬著頭皮走過去，攔住她們。

頂著她們疑惑的目光，毛名露出一個嘴角抽筋式的微笑，說：「嗨……還記得我嗎？」

所有女孩不約而同後退一步，用看怪胎的眼神瞪住他。

糟了！校工還在看著！不能讓他起疑！

「你不記得了嗎？昨天我們在文具店見過的！」

少女愣了一下，遲疑地說：「你……可能是遇見我的妹妹。」

「妹妹？」

「我的雙胞胎妹妹，我叫歐陽晴，我妹妹叫歐陽映。」

哦，那就說得通了。

眼前這個少女明明和昨天所見的長得一模一樣，給人的感覺卻是截然不同。同樣的臉，昨天的是沉默的I人，現在的是活潑的E人。

「那你可以幫我聯絡你妹妹嗎？」

「呃……她最近不怎麼理我，你找她有什麼事？」

毛名開門見山地說：「你妹妹最近是不是遇到什麼怪事？例如撞鬼？」

歐陽晴身邊的同學們中有人發出「噗」的一聲嗤笑，眾人哄堂大笑。但歐陽晴卻表情一怔，靜靜地凝視著他幾秒後，才開口反問：「為什麼你會這樣覺得？」

因為解靈店舖出現在她面前，也只有遇到靈異事件的人才能觸發那間店。

但這個解釋起來太麻煩了。

「因為我有陰陽眼。」毛名說。

這句是實話。

「我昨天見到她就覺得不對勁，最近應該是遇上什麼血光之災，似乎是跟車禍有關……」這句是假的。

歐陽晴聞言，瞪大眼睛，猛地抓住他的手臂。

「你怎會知道車禍的事？」

毛名心裡暗自得意，到底還是年輕，那麼容易就被套到話。

雖然他自己也沒比對方大幾歲。

毛名繼續瞎掰道：「我剛才不是說了嗎？我有陰陽眼，而且會一點點法術。昨天我見到你妹妹發現她招惹了很不得了的東西，不盡快處理的話可就糟了，那場車禍應該有死人吧？」

歐陽晴憂心忡忡地點了點頭，說：「我聽說是有一個人重傷不治。」

「那很大機會在那個時候就被纏上了。」毛名說著，遞出一張紙，上面寫著一個電話號碼。「你叫你妹妹聯絡我吧。」

那是萬小莉的號碼。

就當是報復她上次擅自帶潘少衝來他家的事。

歐陽晴接過後，沉吟片刻，突然說道：「那我呢？我身上有沒有什麼不對勁的地方？」

毛名並沒有從她身上看見什麼，不過她既然會有這種疑問，那肯定是經歷過不尋常的事，所以他裝模作樣地在她面前比劃了一下手勢，然後神色凝重地點點頭。

「應該是遇上和你妹妹一樣的髒東西了，你們是一起遇到車禍的，對嗎？」毛名問。

如果這兩姊妹都分別撞鬼，沒道理黑貓只給一個提示，那只能是她們遇到的是同一事件。

「是的。」見毛名全都說中了，這下子歐陽晴心中再無顧慮，急忙將自己的事和盤托出。

「其實……我最近時不時就會失去記憶。」

身旁的同學紛紛發出「咦？！」的驚叫聲。

「失去記憶？」

「是的，例如當我回過神來就發現家務已經做好了，或是已經洗完浴之類的，而我對此卻沒有半點印象，所以我是懷疑自己是不是撞鬼了。」

「說起來，最近的你有時候的確像變了個人似的，前天你連班長的名字也叫錯了。」一旁的女同學說道。

「對呀，還有昨天上數學時你居然沒有舉手答問題，被老師叫去解題時還算錯了，連老師都被你嚇到。」

其中一個女同學猛地一拍手，說道：「你該不會有雙重人格吧？聽說不同人格之間並不會共享記憶，所以很有可能你的第二人格出來代替了你！」

「雙重人格不都是要經歷過很痛苦的事才會有嗎？但我沒有呀？」歐陽晴疑惑地說。

「說不定就是你的第二人格幫你承受了所有負面記憶呀？」

「這就說得通了！」

女孩們七嘴八舌地討論著，眼見話題開始往科學的方向發展，毛名連忙出聲把話題拉回來。

「我覺得你可能是被鬼附身了，被奪舍的話同樣會出現記憶空白的情況。不過目前我掌握的線索太少，要不你幫我約你妹妹出來，我再想想辦法可以怎樣幫你。放心，我不收錢的。」

相比起不科學的怪力亂神，顯然雙重人格的說法對歐陽晴來說更有說服力，不過毛名畢竟說中了車禍的事，因此她還是願意相信他的。

她一邊掏出手機開始編寫訊息，一邊說道：「良德中學今天有水運會，所以她應該已經放學了，我 Whatsapp 她試試吧。不過我妹妹最近怪怪的，訊息都隔好久才回覆我。」

有女同學嘀咕著：「你妹妹不是一直都這樣嗎？平常見到你都是不理不睬的。」

一旁也有同學附和說道：「對呀，我看她對誰都是黑口黑臉的，難怪總是一個人。」

歐陽晴微微一笑，說了一句「她不喜歡我，但她以前從來都不會躲我的」，然後就沒再說話。

氣氛瞬間有點尷尬。

毛名事不關己地觀察著她們的表情，在心裡已經有某個猜測逐漸成形。

「不然你現在來我家瞧瞧？我家就在附近。」歐陽晴對毛名提議道。

毛名眉毛一挑，心想這少女也太沒有戒心了吧？

不過上次的 Yuki 也是這樣，還是說邀請陌生人去自己家對年輕人來說是很正常的事？是他太古板了？

他正想答應，倏地想起 Yuki 那位於三十三樓的家，便試探地問：「你家……在幾樓？」

「九樓。」

毛名一聽，躊躇半天，最終還是同意了。

上次自己是一口氣爬了三層樓梯才會累倒的，這次只要中途多休息幾次就行了……應該。

離開前，毛名瞥見校工大叔望向他的表情，想起那句「別犯法」的叮囑。

糟了，歐陽晴看起來只有十二三歲左右……

毛名心虛地別過臉。

和其他同學告別後，歐陽晴就帶領著毛名回家去。光耀中學位於石圓角邨，而少女就住在這裡，由學校步行前往她居住的大廈只需幾分鐘左右的路程。

一路上，毛名得知她家是單親家庭，妹妹跟母親一起住，而她跟著父親。一聽到她父親要工作到深夜才回家時，毛名停頓時感到不妙。

那豈不是孤男寡女共處一屋？

再次想起校工大叔的話，毛名心裡頓時響起退堂鼓。

出門在外，男孩子還是要保護自己的。

要不……明天找萬小荊陪自己來？這樣一來剛好有藉口找她……

正當他胡思亂想之際，歐陽晴突然開口說：「其實，還有一件小事讓我有點在意，就是我的畫簿有點奇怪。」

歐陽晴從書包裡掏出一本畫簿遞給毛名，只見左手邊那一頁畫了可愛的卡通公仔，卻被斑駁的紅點破壞了整張畫。那些斑斑點點痕跡應該是油粉彩所留下的，油粉彩若是塗得太厚便會磨出一些碎屑出來，很容易會弄髒畫紙。

但那些卡通公仔是木顏色畫的，而右手邊那頁更是一片空白的。

如此一來，那些油粉彩碎屑是哪裡來的？

「應該是有人在右手邊這頁畫了幅油粉彩畫，然後把畫簿合上了，後來又把右頁撕走。」毛名說。

「我猜也是。」歐陽晴說著，好像有點欲言又止。

很快，幾分鐘的路程已經走完，他們來到歐陽晴家樓下。

毛名抬起頭，默默地望向大廈的九樓。

……雖然沒有三十三層那麼遙不可及，但還是很高。

退堂鼓聲再次響起。

這時，少女冷不防拉住他的手。

「那個……不如你明天再來，好嗎？」

少女微微低頭，說話扭扭捏捏的。

「為什麼？不是你叫我來的嗎？」毛名問。

「嗯，突然想起家裡有些事，今天不太方便，不好意思……」

一般人聽到這種話，都會識趣地不再問下去，但毛名不是這樣的人，他直接說道：「你要是真的覺得不好意思，那就跟我解釋清楚有什麼事。」

少女瞪圓了眼睛，臉上一紅，大概是被氣到了。

見她不再說話，但也不打算帶他上去，就這樣站在大廈門外罰站似的，似乎是打算和毛名鬥忍耐力。

毛名不介意鬥，但覺得沒必要，本來就算歐陽晴說要讓他去家裡看看，既然現在她不樂意，那就算了。

何況心中的退堂鼓響得很。

於是毛名擺擺手，說：「我明天同樣時間再來，到時你們兩姊妹隨便一個來跟我碰面吧。」

少女答應了，目送毛名離開後，她掏出手機，在IG搜尋到一個叫_ngaimingyuk的帳號。

她私訊了對方，問：你好，請問是可以免費提問嗎？

得到對方肯定的答覆後，她連忙輸入問題。

——鬼上身後，如何能不被人驅除？

第十九章 不曾知道的話語・二

光耀中學和良德中學的校舍是並排齊列，中間隔著一條馬路，課室的窗戶對著彼此，兩邊的學生只要往窗外一看，就能看見對面學生上課的模樣。

因此處於中二病年紀的屁孩，總會在上課時和對面互相做鬼臉、比中指之類的。

和日漫主角一樣，歐陽映和歐陽晴的座位都是窗邊位置，歐陽映每天都能窺視到姐姐在學校裡的生活。

在對面那扇窗戶裡，姐姐從來不會參與早上的抄功課大隊，而是會去打球，直到鐘聲響前才一副朝氣蓬勃的模樣走進課室。

上課時姐姐經常被老師叫去黑板答問題，她走去黑板的步伐是輕快的，拿起粉筆的表情是自信的，寫下答案的手行雲流水，不帶半點遲疑。

小休時，姐姐會和同學們圍成一圈，有說有笑。放學時總會有人等著她，和她成群結隊一起離開。

真奇怪，明明長著同一張臉，日子卻如此不同。

她和姐姐的距離，就像光耀和良德之間，彼此相隔著一條馬路，近在咫尺，咫尺天涯。

第二天，毛名來到歐陽晴家，準備為她驅鬼。

昨天他得知妹妹原來是唸良德中學後，他就知道歐陽晴被鬼上身了，因為他分明記得前天在解靈店見到「歐陽映」時，她身上是穿著光耀校服。

不過昨天他沒有帶那把能驅鬼的傘，才會暫時放她一馬。

世界上驅鬼的方法千百種，有中式有西式，而毛名作為左道士，自然也自有一套邪式。

但在驅鬼之前，毛名要先爬上九樓。

和之前去Yuki家一樣，毛名的體能極限是三樓零十六級樓梯，而現在他才爬了三分一樓層他就已經氣喘吁吁，倒地不起。

雖然不明白他為什麼不乘升降機，卻依然陪著毛名爬樓梯的歐陽晴在一旁為他打氣道：

「加油，你可以的！不要放棄！」

這次沒有萬小莉以及妖怪幫忙，毛名只能靠自己走走停停的，好不容易來到九樓，半死不活地倒在地上。

歐陽晴扶著他進入屋裡，給他倒了一杯水，還不忘提供情緒價值，說道：「辛苦你了，這裡的梯級有點高，如果不常運動的話，要爬九層樓真的很難，就連我經常運動都覺得有點喘不過氣呢。」

「……」

公屋梯級出名矮，騙誰呢？

毛名瞥了臉不紅氣不喘的歐陽晴一眼，沒有說話。

真是個溫柔的好女孩。

害他突然對自己接下要做的事有一丁點歉意。

但也只有一丁點。

等到毛名緩過氣來，撿回了半條命後，才開始「驅魔儀式」。

「在儀式進行前，我要先聲明兩件事。」毛名鄭重地對歐陽晴說：「第一，請完全相信我。第二，一旦開始了就不能停下來，可以嗎？」

「好，我相信你。」歐陽晴點點頭說。

對她來說，毛名那麼辛苦來到她家，還不收錢幫她驅鬼，一定是個好人。

毛名讓她坐在客廳的椅子上，然後掏出一把黑色雨傘。

「出來吧！臭毛鬼！」

話音剛落，一股難以言喻的惡臭隨即充斥住整個客廳。

這種味道，就像大熱天時擠上水洩不通的巴士，而周遭全都是大汗淋漓的人。

歐陽晴連忙捂著口鼻，還來不及發問，只見一隻毛茸茸的猿人從黑色雨傘中冒出，飄浮在半空。

臭毛鬼一見到歐陽晴，便對毛名說：「嘩，居然要我對小女孩下手，老闆你真有良心。」

毛名翻了一下白眼，說：「少說廢話，快點開工！」

歐陽晴還未搞得清狀況，那毛茸茸的猿人便一閃而過，然後——居然一頭鑽進自己身體？！

她正要懷疑自己是否眼花了，下一秒已被臭得幾乎吐出來。

「噁——！！！！」

她身上那股氣味，彷彿是個有嚴重臭狐卻一年不洗澡而且渾身大汗的人！更糟的是頭皮癢得要命，還散發著濃濃的頭臭味！

試問哪個花樣少女會受得了自己身上散發著如此味道？！

歐陽晴顧不得有毛名在，跌跌撞撞地衝去浴室，想要洗走身上的味道。

但她絕望地發現，完全徒勞無功，而且越洗越臭！

清水接觸到她身體，洗出來的都變成褐色污水！

她又衝了出來，瞪著毛名，大聲問道：「你是不是人呀？有好玩不玩居然玩屎！死變態！」

毛名在見到少女渾身濕漉漉的只圍著浴巾，急忙移開視線，非禮勿視，同時挑了挑眉。

沒想到她會撐了那麼久。

這次他召喚的鬼名叫臭毛鬼，顧名思義就是臭得要命，這種臭味不管對人還是對靈體也同樣有效，一旦被附身的話，臭味還會翻倍。

毛名稱這招為重口驅鬼法，利用臭味逼到鬼受不了而自行離體。

「你姐姐呢？是被臭暈了？」

歐陽晴——此刻已經變成歐陽映——冷哼一聲，沒有回答。

「歐陽映，要是再不放開你姐姐，你們就要一直臭下去喔！想想看，你願意臭成這樣上學嗎？你姐姐的朋友都會被你嚇走吧？」

歐陽映內心天人交戰。

再這樣對待下去，等爸爸回來了，自己可沒辦法解釋。

那倒不如先解除 _ngaimingyuk 教她的封印術，然後再想想辦法。

想通後，她快步走進房間。

而毛名則趁機悄悄打開灰色雨傘。

「出來，宅鬼……」

他小聲交代工作，也不管宅鬼滿口的 Work-life balance，硬是逼牠幹起活來。

歐陽映翻出寫著她和姐姐生辰八字的紙，上面貼著兩姊妹的頭髮，和 _ngaimingyuk 教她畫的符。她拿起剪刀，一把剪下去——

伴隨著「喀嚓」一聲，歐陽晴睜開了眼。

耳邊迴盪著尖叫聲和撞擊聲，放眼望去滿目瘡痍，自己似乎被困在扭曲變形的座位之間，感覺到溫熱的液體爬滿臉……

歐陽晴睜開眼，看到妹妹就在眼前，渾身濕透，只靠一條圍巾蔽體。

直到此刻，歐陽晴才明白，自己是鬼。

原來她早已在車禍中死去。

眼見驅鬼目的已經達到，毛名便召回了臭毛鬼。

窗外驚雷響起，被烏雲悶了那麼多日的天空總算開始卸下重擔，豆大的雨點劈里啪啦地下著，雨聲伴隨雷鳴聲，成為了客廳裡聽到的唯一聲響。

眼見兩個女孩緘默不語地對望著，臭毛鬼小聲地對毛名說：「老闆，這個畫面有點不妙呀？你確定你沒有犯法？」

毛名瞪了牠一眼，打開雨傘。

「滾回去！」

臭毛鬼在鑽入雨傘前還在說道：「老闆，你記得回去趕緊就燒瓶 jo malone 香水給我，我怕 FBI 上門的話你就不能發薪水——」

「滾！」

還 jo malone 香水！臭味加香水只會更臭好嗎？

與此同時，歐陽晴總算打破了沉默。

「為什麼？妹妹你還活著，死的人是我……可是，這些日子我都是如常去光耀上學的，為什麼？」歐陽晴茫然地問。

歐陽映的頭微微低垂，並沒有回答。

「大概是在得知你死亡後，你妹妹就謊稱自己是你，然後頂替了你的身份生活。」毛名說。

兩個無論身高、體型、長相都一模一樣的雙胞胎，恐怕就只有她們本人才分辨得出自己。

「那天我剛好借了你新買的衣服來穿，記得嗎？所以爸爸媽媽並沒有懷疑我。」歐陽映說話時的表情漠然，彷彿在談論著事不關己的事。

歐陽晴此刻只覺思緒一片混亂，一時間她也分不清到底哪件事更讓她難以接受。是自己的死？還是妹妹居然冒充自己？

「妹妹……為什麼？既然你活下來了，為什麼不好好活下去？」

歐陽映聞言，平靜的面具突然破裂。

「歐陽映活著有什麼意義？成績永遠倒數，沒有朋友，沒有任何擅長的事，不管做什麼都比歐陽晴差！既然我有機會當歐陽晴，又何必繼續當歐陽映？」

她說出這段話時，滿臉譏諷。

「但……你始終不是我呀？而且你有屬於你的人生——」

「歐陽映的人生就只能活在你的陰影下！就算你死了，你處處比我好的事實並不會改變！你死了，我一樣交不到朋友！一樣考不到好成績！一樣做不到像你這樣開朗活潑！只有成為你，我才能擁有這一切！」

歐陽映的手向前一伸，想要抓住姐姐的肩膀，卻撲空了，雙手穿過了靈體。她表情咬牙切齒，目光幾乎稱得上是怨毒地瞪著姐姐。

歐陽晴被妹妹嚇了一跳，即使她已經是靈體狀態，卻似乎能被她淬毒的眼神狠狠刺痛。

毛名在一旁觀看著，不發一語。

窗外驟雨來去匆匆，才下了一會兒雨勢已經減弱不少，響亮的雷鳴也變成了悶雷，只會偶爾閃爍兩下刷存在感。

屋內，歐陽映的表情漸漸平復，她深吸一口氣，似乎在壓抑著情緒，輕聲地問：「……姐姐，你記得有一次，我們在地鐵上遇到色狼嗎？」

歐陽晴不明白她為何提起這件事，只是木然地點點頭。

「明明是我被摸了，而你一察覺到，就代替我大喊自己被非禮了，因為你知道我不想讓人指指點點。」歐陽映說。

「姐姐，你對我真好，你一直都很疼我，而我居然妒忌你，真的很不應該，對不起。」

歐陽晴有點動容。

她想起妹妹被傷害時身體顫抖，眼睛通紅的模樣。

從小到大，歐陽晴都覺得她和妹妹就像是一個完整的人被分成兩半，她霸佔了好的部份，剩下的都由妹妹來承受。既然如此，那她就該處處護著妹妹，不讓她受傷害。

「姐姐，你當時頂替了我，拯救了我，那你現在也可以再次頂替我，拯救我。」歐陽映說：「你可以讓我擁有更好的人生，過更好的生活。」

「但……如此一來，『歐陽映』便死了……」

「是『歐陽映』還是『歐陽晴』死根本不重要，重要的我們要一直在一起。」

歐陽映說著，眼泛淚光。

「姐姐，我們要一直在一起，好嗎？」

歐陽晴幾乎是反射條件一般立即點頭。

她們從出生起就已經在一起了，即使長大後學校不同，興趣不同，社交圈子不同，她也不曾想像過要和妹妹分離。

生前不曾，死後也不會。

歐陽映走上前，她觸摸不到黑影，只能伸手把黑影圈入懷中，直至黑影與她融為一體。

做完這一切，歐陽映環顧四周，才發現家裡只剩下自己一個。

那個叫毛名的青年不知何時離開了。

兩天後，歐陽映再次看到解靈店鋪出現。

這次她只是猶豫片刻，便踏進店裡。

店裡的一切陳列和一般文具店無異，而毛名站在櫃檯前，手上拿著一張畫紙。

從畫紙的邊緣來看，似乎是從畫簿上撕下來的。

歐陽映瞧見那張紙，眉毛一挑，但並不打算主動開口詢問。

「這道護身符免費給你，戴在身上可以保護你姐姐，但記得還是要盡量避關帝、避陽光、避土地公。以後每隔兩星期過來買新符籙，一道一百元。」

既然歐陽晴不是自己員工，那就沒道理持續提供免費符籙。

歐陽映接過護身符，說：「謝謝你，我會轉告姐姐的。」

「你封印住姐姐的術法，是從哪裡學會的？」毛名問。

歐陽映這次的態度好了很多，她很爽快地回答：「在 IG 問到的，有個專門分享玄學知識的 IG page，可以 dm 她問些問題，她會無償解答。」

「原來如此。」

「沒其他事的話，我就先走了，拜拜。」

「等等，你不好奇這個嗎？」毛名揚了揚手上的畫紙。

歐陽映微微一笑，神情波瀾不驚。

「你走了之後我已經發現不見了，當時我就奇怪怎麼有個黑影在屋子裡鬼鬼祟祟地東翻西找，不過因為要哄好姐姐，我便懶得理你。既然你拿了，就幫我丟掉吧，我畫得又不好看，留著也沒什麼意義。」

見她轉身要走，毛名淡淡地開口說道：「長期被鬼附身，是會折壽的，你知道嗎？」

歐陽映回過頭，目光閃爍，表情沒有半點驚訝。

……果然如此……毛名心裡暗道。

「你姐姐知道嗎？」

「她不需要知道。」歐陽映眨眨眼，笑容不變，但眼神多了一絲陰翳。「你也別讓她知道。」

說罷，少女揮揮手，揚長而去。

如果是正統道士的話，肯定會阻止她吧？不過毛名只是個左道士。

毛名見送她離開後，低下頭望向手上的畫。

那是一幅畫功拙劣的油粉彩畫，畫的中央是個火柴人女孩，姿勢是雙手張開，背後有一個黑色十字架，而周遭是一片通紅。

那片紅色的油粉彩塗得很厚，磨出很多碎屑，畫畫的人似乎很用力，用紅色塗滿了整張畫紙，力透紙背。

畫中的女孩孤伶伶的，沒有畫上五官，看上去空洞茫然。

他不期然想起自己師父。

十字架的含義到底是什麼？毛名雖有一種猜測，但真相只歐陽映自己才知道。

毛名是個孤兒，是師父把他養育長大。

如果說他的世界就像一間房子，那師父就是承重牆，是頂樑柱。現在頂樑柱沒了，他的世界便搖搖欲墜，不知能撐到什麼時候。

他之所以在這裡等待著一個又一個的靈異事件上門，就是為了等待師父。

要是他代入歐陽映，恐怕也會做出一樣的選擇。

最終，毛名沒有丟掉那幅畫。

以一幅畫來說，它承載的重量太重了。

毛名自問體力太差，拿不起，丟不掉。

第二十章
狐仙

「大家都分好組了嗎？」

在課室裡，老師只是隨口一問，沒想到真的有一隻手舉起來。

「老師，我沒有組。」

這隻手纖長白皙，而它的主人長相清麗脫俗，不管怎樣看都是班花校花級別，卻居然是班上最不受歡迎的人。

老師一直都知道萬小莉並不合群，尤其是最近網上流傳的影片，讓她受到不少同學們的嘲笑。

但只要事態沒有到霸凌的程度，老師就不太想插手，畢竟她只是個打工仔，實在不想處理這種吃力不討好的事。

「有哪一組只有四個同學的？」老師問道。

班上有三十個學生，五個人一組，那肯定有一組是缺人的。

果不其然，班房角落裡有四個女生一臉不情願地舉起手。

「那你們就收留萬小荊吧。」

……收留……

老師不經意說出口的兩個字，聽在當事人耳中卻是刺耳得很。

但萬小荊並沒有表示不滿，在眾目睽睽下，她默默地收拾自己的東西，來到那四個女生身邊坐下。

明明只有幾步路的距離，但在全班的注視下，這幾步就變得步履維艱。

那四個女生望向萬小荊的眼神並不友善，儘管她們並沒有惡言相向，但在討論期間卻總是有意無意地排擠著她。

在她們看來，萬小荊平日裡黑口黑面的，一副瞧不起人的模樣，本來已經不討喜。誰知外表人模人樣，內裡居然是個白卡，那就別裝什麼高冷女神呀！

萬小荊對她們的態度視而不見，在三番兩次提出意見卻被無視後，她乾脆放棄參與討論。甚至在瞥見那四個女生並沒有在報告上寫下自己的名字時，她也沒有提出質疑。

沒過多久，老師便主動找她，無奈地說：「其他組員找我投訴你，說你沒有參與報告，因此想把你踢出組。」

萬小荊點點頭，說：「那就踢吧，我可以自己一個完成報告。」

「你這樣不行的，要學會跟同學好好相處。」

萬小荊眨眨眼。

那為什麼不是其他同學要學會跟我好好相處？

不過她終究沒有把這句話說出口，而是乖乖回答一句：「我會的，謝謝你老師。」

她現在沒有精力計較這種小事。

萬小莉是插班生，在她來到之前班上同學早已有自己的小圈子，再加上她不擅長社交，自然就成為了外人。

不過以前的她在班上充其量是個邊緣人，同學們對她不冷不熱，但不至於排擠她，直到最近網絡上瘋傳著她在康美花園和大頭怪嬰戰鬥的影片。

標題寫著：《白卡學生妹同空氣打交咁大件事冇人講？！》。

儘管影片只拍攝到背影，但一看少女如瀑布的長髮和高挑的身材，很難不讓同班的師生聯想到萬小莉。

萬小莉因此被叫到校長室問話，不過萬小莉一口咬定那不是她，校長也只能作出口頭警告。

至於同學們，可就沒那麼容易蒙混過去。

不管萬小莉如何否認，同學們都置之不理，還拿她開著各種玩笑，有時是幼稚地在朝她大喊「嘩！泥媽媽！」，有時是當著她的面模仿她打架的動作嘻笑打鬧。

要說萬小莉對此完全不難過的話，那就肯定是假話，但她實在沒心思為這種事而傷神。

比起排擠和嘲笑，還是錢的問題更困擾她。

現在的萬小莉每天都只想著錢、錢、錢、錢、錢。

誰有空管學校這點破事！她要賺錢！

只因在康美花園那晚，她為了制止大頭怪嬰而胡亂答應了泥孩子的要求，結果回家後細問，她才知道牠竟然是要 PS5？！

是 PS5 耶？！

她上網一查價錢，差點吐血。

如果是毛名的話，起碼能昧著良心拖欠員工薪水，而她就只是個可憐的看護，可得罪不起妖精們。

要不……問魏明珠借錢？他向來視錢財如糞土，一定肯借的。

不過魏明珠還有個家裡蹲廢青要養，再加上他工作是手停口停的性質，還是別麻煩他了。

但除此之外，一個中學生能賺到什麼錢？難不成要出賣身體？！

思來想去，萬小莉只好硬著頭皮跟家裡的「那一位」要錢。

萬小莉家是圍村人，住在元朗萬人村裡，而「那一位」就在她家三樓最大的房間。從有記憶開始，她就被大人們千叮萬囑不要靠近。

萬小莉出生玄學世家，而她的家族曾經就是靠「那一位」而在玄學界名震一時。

在八十年代香港曾發生過狐仙吃嬰事件，當時鬧得沸沸揚揚，最後是由萬小莉的爺爺出手擺平。

妖精的修為分成小妖、大妖、妖魔、大仙。小妖指的是沒辦法化為人形的魑魅魍魎，而大妖則是能幻化成人形但無法被一般人看見，萬小荊照顧的就大多都是這個級別的妖精。

至於到了妖魔級別的，距離成仙只是一步之遙，所擁有的力量可就非同小可。

那個吃嬰狐狸精正是七尾妖魔，還差兩條尾巴就能登峰造極。整個家族自從爺爺死後，就只有萬小荊的哥哥萬一帆有能力讓牠為己所用。

可是好景不常，她哥哥在一年前暴斃而亡，自此之後這尊妖魔就成為家裡的燙手山芋。丟不掉，殺不死，而且再也無法為家族所用，就只能集合整個家族力量用困仙陣將牠困在房間裡，還得每天好吃好喝的供奉著，免得哪天牠不高興了，情願拚個你死我活都要離開。

誰知牠在房間裡閒來無事，居然搞起直播，所有器材費用由萬家負責，牠零成本經營，靠著狐狸精擅長的幻術和媚術，短短一年內已經成為網紅 youtuber，賺的錢竟比萬家所有人加起來還要多。

一個階下囚卻比自己還有錢，這讓自詡為正道術士的萬家情何以堪？

萬小荊的父親氣得牙牙癢癢，但也拿牠沒辦法。當他得知女兒想要為牠工作賺錢，立即拍桌子大罵：「你要幫隻畜牲打工？你還嫌自己丟不夠臉嗎？你知道同行是怎樣說你嗎？！」

萬小荊微微低著頭，一副聽教聽話的模樣，同時掏出手機遞到父親面前，說道：「爸爸，你說得對，那可以請你買這個給我嗎？」

萬父看不懂螢幕上那個黑白電器是什麼，但他看得懂價格，頓時啞口無言。

萬小莉懂事地收起手機，說：「我明白的，現在道術行業艱難，爸爸你賺錢不容易。既然溫沙爺爺賺得多，何不從牠身上賺錢呢？」

「……」

「如果爸爸你還是不同意，那就只能請你買 ps5 給我，等我儲夠錢再還你。」

「……」

最終，父親勉強同意她打工的事。

萬一帆在萬小莉七八歲時，曾經帶她見過溫沙爺爺一面。

狐狸精以媚惑眾生而聞名，皮相自然不會差。如果說魏明珠的美是像珍珠般晶瑩剔透，那溫沙爺爺就是光彩奪目的鑽石。

妖艷、明媚、風華絕代的紅鑽石。

而此刻這顆鑽石身正處於一間昏暗的房間，僅有的光源是桌上的電腦螢幕。即便如此，依然能靠微弱的光線看到房間裡有多混亂，衣服雜物隨意亂丟，地板上遍佈垃圾，大部份都是外賣盒、食物殘渣、汽水罐等等的東西，而且還有一團一團的動物毛髮。

溫沙爺爺，不對，牠現在是溫沙婆婆？！牠穿著一身紅色兔女郎裝扮坐在電競椅上，身材玲瓏浮凸，露出一雙被黑絲包裹著的長腿，臉容美豔絕倫，和周遭如垃圾房一般的環境格格不入。

萬小荊看得目瞪口呆，而對方也在她打開房門時望向她，把她上下打量一番。

「你就是萬一帆的妹妹？」溫沙婆婆打量完畢後，輕哼一聲。「看起來不太像，味道也不像，資質差太多，修為連五歲時的萬一帆也比不上。」

這種話萬小荊已經聽習慣了，事到如今已經刺激不了她，此刻的她反而比較在意的是溫沙爺爺的性別。

「溫沙爺爺，還是婆婆？你這個模樣是……？」

「嘖，有什麼好大驚小怪的？我剛剛才做完直播，還未來得及變身。」說罷，牠打了一聲響指，轉眼間已變回萬小荊曾經見過的美男子模樣。

不過還是穿著兔女郎裝扮。

「你？你男扮女裝騙人？！」

「哼！什麼男扮女裝，我本來就能變形，哪裡用得著扮？我變出來胸部可是貨真價實，沒有隆胸也沒有砵仔糕，下面也沒有那話兒，這又怎能算騙人？」

萬小荊無奈地說：「以爺爺你的美貌，肯定會有一堆迷妹搶著課金給你，而且女人的消費力比較高不是嗎？為什麼要特地變成女人？」

溫沙爺爺搖了搖手指，得意地說：「少年你太年輕了，Why not both？不管是男是女的錢，我都要賺！」

「咦？難、難道，你是F.O.X和小狐？」

F.O.X和小狐這一男一女兩個香港網紅，名字都不約而同和狐狸有關，萬小荊本來還以為是巧合，但這樣看來他們竟是同一個人？！

不對，是同一隻狐狸精。

「沒錯！就是我！」溫沙爺爺一臉驕傲地說。

……好吧，難怪牠這麼有錢，可以二話不說就幫她買了 PS5。

「請問我需要做什麼？」萬小荊問，她可沒忘記來這裡是為了打工還債。

「本來還對你有點期待，畢竟是萬一帆的親妹妹，但你資質如此低，根本幫不到什麼忙。」溫沙爺爺嫌棄地說：「算了，那部 PS5 就當我送你，你走吧。」

萬小荊不願佔牠便宜，而且也有心跟牠打好關係，便提議道：「要不我幫你打掃房間？」

溫沙爺爺模稜兩可地聳聳肩，便沒再理會她。

就這樣，萬小荊每天放學都會趕回家，幫牠清潔打掃。

溫沙爺爺並沒有要求萬小荊工作多久，反而是萬小荊自覺起碼要工作幾個月才抵得上 PS5 的價格，因此一連兩三個星期都沒去毛名家。

直到她接到毛名的電話。

第二十一章 那一天會紅的殺人狂・一

夜幕降臨，伴隨而來的，是傾盆大雨。

洪蘋蘋在家剛換好衣服，化好妝，愉悅地準備出門，一看到窗外的大雨，心情瞬間被澆了盆冷水。

她先是爆了一句粗口，隨即望向今晚打算穿的厚底皮鞋，這種鞋子可不適合下雨天。

怎樣辦？要換成雨靴嗎？

但雨靴跟今天的裙子不搭。

那要換裙子嗎？

可是妝容跟裙子是配搭好的。

她左思右想半天，最終決定打電話叫 Uber。

洪萍萍背上結他，穿過客廳時，廚房裡和沙發上的人連瞧都沒有瞧她一眼，彷彿視她為空氣。只有在她臨出門前，聽到客廳傳來陰陽怪氣的對話。

「又一聲不響出門了，也不懂得交代一下去哪裡。」

「還能去哪？都是在尖沙咀旺角之類的地方鬼混，又不正正經經找工作，每次都半夜三更才捨得回來。」

「對呀，連晚餐用不用煮她那份也不講一聲。」

洪蘋蘋默默地翻了一下白眼，故意「砰」的一聲狠狠關門。

說得好似本來打算煮她那份似的。

不過沒差，屋子裡的這些人都是些凡夫俗子，無視就行了。

在門外，有三個女人靜悄悄地等候著，見她出來了，便默默地跟在她身後。

雨淅淅瀝瀝不停地下著，像是一層簾子似的，洪蘋蘋來到住所樓下，一眼就瞧見雨簾中有一輛紅色的士迎面而來，便站在原地靜待它駛近。

誰知那輛車居然在對面街停下，洪蘋蘋咒罵了一聲「DC9」，抱緊結他撐起雨傘便往的士方向飛奔而去，完全不顧自己橫跨馬路有多危險。

她這把雨傘優點是有著可愛的 Kuromi 圖案，缺點是中看不中用，她有大半的身體都暴露在傘外，等到好不容易衝上車時，已經跟落湯雞沒什麼差別。

一見到自己濕漉漉的鞋子，洪蘋蘋氣得破口大罵：「叫你停在 D 幢樓下，你是發雞盲的嗎？D 和 E 都分不清？」

「我……我沒有接到 oder……小姐你是不是搞錯了？」

洪蘋蘋一聽到司機的回答，連忙比對一下車牌，發現還真是自己擺烏龍上錯車。

「雨下那麼大，我看不清車牌嘛！」洪蘋蘋嘴硬地說道。「既然都上車了，那就別廢話了，去文化中心！」

「小姐，這樣不太好吧？」

「你是不是要拒載？」

司機沒再說話，默默地開車了。

而洪蘋蘋則取消了原本的 call 車服務，氣得對方打了兩通電話過來想要罵她，但都被她無情掛斷。

洪蘋蘋今年 18 歲，目前是個全職 Youtuber，自詡歌喉不錯，所以偶爾還會出門進行街頭表演。

她刷著手機，看到小狐的影片發表了不過一天已經登上熱門，不屑地撇著嘴。

她和這個小狐都是差不多時期出道的女 Youtuber，如今對方已經幾十萬訂閱，自己卻只是勉強達到 Youtube 盈利條件，如果不是靠著 Patreon 賣照片，就連生計也成問題。

洪蘋蘋不認為自己比小狐差，她不過是身材好一點，臉蛋好一點，影片特效好一點……但整體來說自己根本不比對方差多少！

自己只差一次能被演算法眷顧的機會！

這時，車裡的收音機傳來新聞報導的聲音，打斷了她的思緒。

「即時新聞，警方在火炭山坡草叢發現一名女性肢體殘骸，屍體處理手法與早前在城門河發現的女性頭顱相似，警方不排除是同一受害人。」

洪蘋蘋一聽，頓時坐直了身體，聚精會神地聆聽著。

她正聽得入神，哪知收音機卻在此時發出「……滋……滋」聲，好一會兒才回復正常，但剛才那段報導已經完畢。

洪蘋蘋遷怒地瞪了司機一眼，只見司機透過倒後鏡望向她，無奈地對她攤手。她「嘖」了一聲，點開手機開始尋找著這宗殺人案的報導和貼文。

沒過多久，的士就來到目的地。

她找到駐守在這一帶的地頭蟲強哥，卻被對方告知自己平日表演的地方已被人捷足先登。

「他們給了我七百，你要是出價更高的話，那個位置就歸你。」

七百？！洪蘋蘋啞然，這已經超出她平日的費用。

她窘迫地翻遍了錢包和手袋，無奈地發現如果自己剛才沒有搭的士來的話，現在就能勉強湊夠錢支付場地費用。

而且因為下雨的關係，根本沒什麼地方能讓她表演。

換句話說，今天她白跑一趟了。

心情鬱悶的她只好去搭巴士回家，誰知禍不單行，她那把空有外表的Kurumi雨傘在暴風雨中終於支撐不住，在一陣大風刮颳過後，傘骨「啪」的一聲宣告不治。

洪蘋蘋當場爆出一連串的粗口，把雨傘丟到一旁，在大雨中環視一圈，看到不遠處有一間疑似便利店的店舖，便趕緊跑過去。

完全沒有注意到這間店舖的名稱，寫著「解靈」。

張友裕趁著少女一邊下車一邊手忙腳亂地撐開雨傘時，記下了現在的時間，準備回家後調出車 cam 截圖。

他雖然默默承受別人的惡言相向，但不等於他沒有脾氣。

而他紓解壓力的方法，就是在 Threads 上公審對方。

他帳號所發的串文大部份都是抱怨客人，例如客人亂指路之後質疑他繞路，又或是熊孩子在車上大吵大鬧家長卻完全不管等等。

Threads 是負能量集中地，也是他的天堂。

這女孩打扮得蠻可愛的，長得也不錯，聽弟弟說這種打扮現在很出名，好像叫地雷系？

可惜是個兇巴巴的港女。

她的三個朋友也怪怪的，四個人硬要一起擠在後座，叫她們綁安全帶也不理人。

以他的個性，叫了一次後，客人若是不聽，他便不敢叫第二次。

幸好剛才那一程沒有遇到警察。

車窗外的雨「劈啪劈啪」地擊打著玻璃，一道道下滑的痕跡模糊了窗外的景色，只能隱約看到街上行人撐著雨傘匆匆趕路，各式各樣的雨傘在窄小的行人道上推撞打架的情景。

如果說下雨天唯一能讓張友裕高興的，就是待在舒適的環境裡，然後看著其他人在外面受苦受難，這讓他心中有種莫名的安全感。

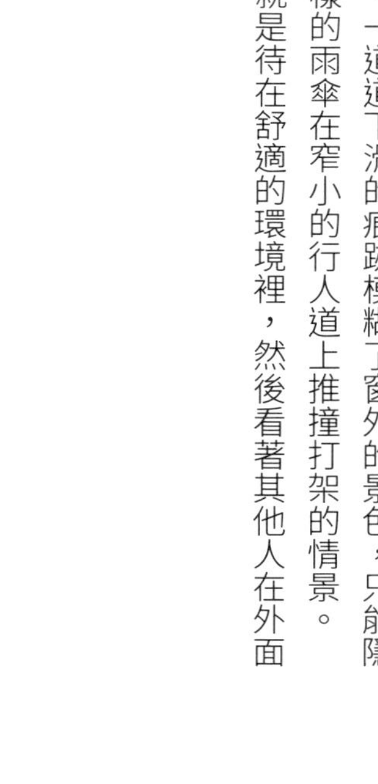

他把車子駛往彌敦道，立即看到有一群人在馬路邊用把袋子高舉頭頂，伸手攔車，明顯是忘記帶雨傘。

張友裕的車子在他們面前停下，為首的一個男子急忙拉開車門鑽進來，說道：「司機，先去長沙灣宇晴軒讓我兩個同事下車，然後有一個是要去荃翠豐臺，最後送我去灣景花園，可以嗎？」

張友裕回頭正想回應一聲好，話到嘴邊卻猛地打住，驚恐地瞪大眼睛。

「我——不好意思——我，我肚子痛！你們等下一架吧！」

那群人一聲，頓時勃然大怒，開始七嘴八舌地罵起來，有人還拿手機拍下他的臉，說要公審他拒載。

張友裕有苦難言，只好不斷賠罪，而且強調自己肚子痛得快要拉出來了。

那群人見張友裕如此態度，最終只能罵罵咧咧地下車。

在車門關上的那一刻，張友裕馬上猛踩油門，一溜煙地跑了，直到倒後鏡再那看不見那群人的身影，他才敢長籲一口氣。

兩個人去深水埗宇晴軒，一個去荃翠豐臺，還有一個去灣景花園，那即是四名客人。

但他分明看到有五個人！

說起來，最近他總會遇上一些詭異的事。

例如上星期他在半夜載到一名紅衣女人說要去墳場，到達後卻不見蹤影，害他白跑一趟；還有前幾天在高速公路以為撞到一個白衣女人，嚇得他立即下車查看，卻根本不見有人。

還有好幾次類似的事，讓他最近老是提心吊膽，壓力倍增。

因此剛才他根本不敢冒險載那幾個人。

公審就公審吧！還是小命更重要！最多被人罵幾聲 DC9 罷了！又不是第一次被罵，誰怕誰！

張友裕今年 27 歲，當上的士司機不過一年，已經深深感受到香港人對這個行業的厭惡。

待他漸漸冷靜下來，卻又開始後悔。不是後悔自己拒載，而是後悔當時自己太過驚恐，竟然乖乖地任由他們拍自己的臉。

要是那群人發的公審 post 沒什麼水花也就罷，但要是激起千層浪，事情鬧大了的話，那……後果不堪設想。

應該……不會被人起底……吧？

張友裕越想越忐忑不安，此刻再望向窗外雨景，已經完全失去了剛才的安全感，反而被「劈啪劈啪」的雨聲，和「法、法、法」的雨刮聲吵得越發焦躁。

他少年時期進過感化院，儘管他犯的罪很輕，只在裡面待了幾個月就放出來，但到底是他的黑歷史。

而他的弟弟並不知道。

他不想讓他知道。

張友裕想著，心裡生出一絲不忿。

附近就有地鐵站，走幾步路就到，就算坐不了的士又不會死！明明最近的天氣時不時就下雨，那幾個人居然不帶雨傘，而且還不知從那裡招惹些不人不鬼的髒東西，真是活該淋著雨被拒載！

心情煩躁的他習慣性想找地方抽根煙，卻發現自己的煙抽完了。

這時，不遠處有一間疑似便利店的店舖映入眼簾。

他蓋上暫停載客的牌，下車打開雨傘，緩緩地向那間便利店走去。

雨傘擋住了他的視線，以致他沒有注意到店舖的名稱，寫著「解靈」。

對於外賣仔來說，下雨天很好賺，但也很難賺。

張友弘穿著雨衣，騎著單車，在滂沱大雨中艱難前行。街道上人流如潮，手上舉著的雨傘如血滴子一般，在人們頭頂上激烈戰鬥著，互不相讓。

張友弘左閃右避著高低不一的血滴子，承受著子彈一般的雨點向他砸下，還要防避著旁人踩到水窪所爆發出的水花，威力堪比地雷。

張友弘真心覺得除了生仔要考牌之外，撐雨傘也需要。一個二個都只顧著自己，眼睛都不知長哪了，走路完全不帶眼。

他最討厭這種人。

倏地，強風掀起了張友弘雨衣上的兜帽，讓他頓時淋浴在槍林彈雨之中。

他雙手皆握住單車把手，騰不出手戴好兜帽，只好任由頭髮被淋個徹底，帶著涼意的雨水不斷從雨衣領鑽進衣服裡，濕漉漉地貼在身上。

算了，反正天氣熱得要命，這樣也挺涼快的。

他來到發利大廈，停好了單車，乘升降機到九樓。升降機門一開，觸目皆是粉紅粉紫，旖旎曖昧的霓虹燈，到處都張貼著螢光色的紙張，上面寫著露骨的內容。

張友弘對一切視而不見，一心只想著趁晚餐時段多跑幾單外賣。

「你這種持久和大小就別出來獻世啦！」

客人穿著清涼，頂著「波」濤洶湧的氣勢，用肩頭夾著手機，對電話的另一邊破口大罵著，接外賣時連眼尾都沒有瞧張友弘一眼。

結果就不小心把外賣弄在地上。

於是被破口大罵的對象變成了他。

張友弘皮笑肉不笑地向她解釋，剛才外賣已經交到她手上，所以責任不在他。見客人一副不依不饒的架勢，他果斷地打電話給公司，讓公司聯絡客人處理，然後便轉身離去。

當然，臨走前他記住了這個客人的門牌號碼。

根據天氣預報，這幾天還會持續下雨，她這幾天肯定還會叫外賣。

她最好祈禱下次別遇見他……

張友弘心情愉悅地想著。

他今年 20 歲，在考不上大學後本想考車牌當司機，但考了兩次仍然不合格，只好去送外賣。

送外賣賺得不多，但勝在自由自在，上班時間任由自己安排，這倒是方便了他。張友弘自問並胸無大志，反正家裡有哥哥擔任經濟支柱，自己賺的錢夠自己花就行了。

他走出發利大廈時，外面依舊狂風驟雨，甚至有越下越猛的趨勢。

張友弘眼角餘光瞥見自己滴著水的髮尾，突然間就心生退意，想要回家。

他向來是個一想到就會付諸實施的人，當下就決定下班之餘，還給自己放一天假。

眼見不遠處有一間疑似便利店的店舖，他便打算先去買一包紙巾擦頭髮。

他重新戴好兜帽，推著單車踏入雨簾中，走向便利店。

因為低著頭的關係，他沒有注意到店舖的名稱，寫著「解靈」。

第二十二章
那一天會紅的殺人狂・二

毛名第一次遇到這種情況。

居然有三個任務目標同時進來。

來者兩男一女，從他們的反應看來，彼此應該是認識的，而其中那兩個男甚至是兄弟。

有三個人，但黑貓的提示卻只給了一個。

「即時新聞報導，再有肢體殘骸在大坑道山坡被途人發現，懷疑是暴雨沖刷導致山泥傾瀉，而被人發現。警方初步判斷案件涉及兩名受害人，未證實是否與城門河屍體發現案有關。」

毛名聽到收音機所播放的新聞時，第一個想法是以為這次上門的是受害者家屬，畢竟過去不少命案是死者報夢提供線索。

可是一問之下，竟發現這三個人身邊都沒有人失蹤，那就不太可能是死者家屬。

會跟兇殺案有關的，除了受害者家屬，那只能是受害者、證人……或者兇手？

既然他們能夠走進店裡，說明是遇上靈異事件，但任憑毛名旁敲側擊，或是乾脆開門見山問，卻始終問不出所以然。

三人之中，只有名叫張友裕的男人承認自己最近很容易撞鬼，但都是些沒什麼殺傷力，單純冒出來嚇他一跳的鬼魂。

名叫張友弘的青年也跟著承認前陣子有玩過些通靈遊戲，但玩完後並沒有什麼感覺，這段時間以來也沒有任何異常。

名叫洪蘋蘋的女孩則表示自己最近沒有接觸過靈異相關的東西，也沒有撞鬼。

至於兇殺案，三人都否認和自己有關。

這就奇怪了，因為黑貓是不可能出錯的。

那只有兩個可能性，一是他們已經深陷其中，只是本人並不知；二是他們在說謊。

在他們臨走前，毛名跟他們要了聯絡方法，三人都很爽快地給了，洪蘋蘋還三番兩次暗示毛名要訂閱她的頻道。

不能上網的毛名自然是無視了她的暗示。

回到家後，毛名立即犧牲了一部電話，叫萬小莉放學後來到他家。

當晚，毛名便把來龍去脈向魏明珠和萬小莉說了一遍。

魏明珠沉思片刻，說道：「術有專攻，查案的事還是先交給警察吧。我們先弄清楚這宗案件跟靈異有什麼關係。」

「最有可能就是被殺害的亡魂化成厲鬼或惡鬼，想要找兇手復仇。如果是這樣的話，那三個人就很可能是兇手。」

毛名點點頭。

多人作案？這也是有可能的。

「那問題是，我們要怎樣查？」

三人面面相覷。

最簡單的方法，自然是招魂然後問個明白。但一來他們沒有死者的資訊，二來他們三人之中就只有萬小荊是學過正規道術，而萬小荊儘管知道理論，但因為道行不夠，根本使不出來。

三人又望向黑貓。

黑貓作為陰差，是有辦法定位亡魂的位置，但黑貓除了幫他們開啟地域通道以及給提示外，就不會提供別的幫助，這是一開始就說好的。

於是三人一時間也束手無策。

幸好首要的難題在第二天已經解決了，兇手在棄屍時連同受害者的身份證件一起埋了，所以很快就公佈了受害者訊息。

在這個資訊發達的年代，網上很快便有人把這些受害者的各種資料起底。

三個受害者皆為女性，年齡介乎十幾二十歲左右，三人的職業分別是：私影模特兒、兼職女友、啤酒銷售員。

人類是一種愛八卦的生物，尤其是對於傷害不到自己的八卦尤其熱衷。這三個受害人的職業雖不算性服務業，但在大眾眼中多少與風月沾邊，一時間社會大眾對此議論紛紛，也免不了會對受害人指指點點。

毛名對八卦並沒有興趣，不過多虧這些被公佈的資訊，讓他想到一個法子。就算是旁門左道，也有屬於旁門左道的招魂方法。

🔥🔥🔥

半夜十二點，在月黑風高夜，陰氣濃度最高之時，毛名他們來到一個十字路口旁邊，拿出數十碗早已在家中準備好的白飯，每一碗都插好三炷香，擺放在路口中央。

這是著名的都市鬼遊戲之一——燒香飯。

半夜十二點，找個十字路口，在白飯上插三炷香。待香燃盡後，據說碗裡會充滿孤魂野鬼，只要把飯吃掉就能看得見。

這個傳說半真半假，假的部份在於就算把飯吃了也不會見到鬼，頂多導致陰陽失衡，會倒楣一陣子；至於真的部份，就是這招真的能吸引鬼。

在毛名眼中，十二點一到，就能看到十字路口一下子擠滿了牛鬼蛇神，魑魅魍魎。眾鬼就如同超市大媽搶減價貨一般，對著那數十碗死人飯蜂擁而上，爭得頭破血流。

不過，牠們的死相慘烈，本來就已經頭破血流。

他們三人在一旁屏息靜氣地打座，手裡舉著芭蕉葉。芭蕉葉既招陰亦吸陰，能幫他們遮擋一點陽氣。

毛名忍不住，悄悄打開裝著雨傘的長袋子，趁機 PUA 員工。

「你們看，外面那些遊魂野鬼多可憐，你們可要多謝我，好吃好住的養著你們。」

眾員工：「……」

他一說話，免不了導致陽氣洩漏，被萬小荊狠狠瞪了他一眼。

幸好毛名身上的陽氣本來就比一般人弱，加上那些平日沒有人供奉的餓死鬼只顧著搶吃的，竟沒有半隻鬼注意到他。

過了十來分鐘，毛名他們總算等到他們的目標。

一隻通體發紫的鬼從天而降，皮相和活人無異，雙手纏滿鐵鏈，鐵鏈的頂端連著手銬。

這是拘魂鬼，是專門狩獵亡魂的鬼。

一眾遊魂野鬼一見到牠，剎那間一哄而散，四處逃竄。拘魂鬼的鐵鏈如觸手一般往四方八面伸去，一把扣住逃走的鬼魂。

螳螂捕蟬，黃雀在後。

「就是現在！萬小荊，一點鐘方向！」

隨著毛名一聲令下，萬小荊手上的紅線「咻」的一聲向拘魂鬼襲去。

拘魂鬼一察覺到毛名他們圍堵自己，就立即明白中計了，當機立斷地放棄已抓到的鬼魂。牠勉強躲過紅線，正要逃跑，卻聽到毛名大喊一聲。

「熾燃鬼出來！附在紅線上！」

與此同時，萬小荊的紅線交織成網狀，把拘魂鬼團團圍住，還不等牠的鐵鏈試圖發動攻擊，只見紅線猛地燃起火焰，如星火燎原般蔓延，形成一張熊熊燃燒的火網。

一時間，火光沖天。

熾燃鬼的孽火攻擊是無分敵我，萬小莉咬緊牙關忍受著身體的灼熱刺痛，控制紅線漸漸收縮。

忽然，她落入了一個略帶涼意的懷抱。

不，是兩個懷抱。

毛名和魏明珠一左一右的從背後抱住了她，分擔了孽火帶來的痛楚，以及將自己的靈力輸給她。

「撐著點。」魏明珠在萬小莉耳邊說道，他的靈力是三人之中最強，源源不絕的靈力湧進萬小莉的四肢百骸，護住了她的神識。

毛名並沒有說話，只是不動聲色地支撐著萬小莉因為劇痛而顫抖的身體。

拘魂鬼的等級比熾燃鬼高，孽火雖能傷牠，卻無法困住牠，若拘魂鬼執意拚個魚死網破，那熾燃鬼也奈何不了牠。

因此魏明珠一手抱住萬小莉，另一隻手上已出現了 Hello 貓玩偶。

幸好拘魂鬼見他們三人靈力充沛，心知不宜和他們為敵，便馬上識事務地大喊投降。

「三位道長，小人應該沒有得罪過您們吧？何以如此大費周章圍捕小人？」

毛名收回了熾燃鬼，但萬小莉的紅線仍舊包圍著拘魂鬼，魏明珠亦依然抱著 Hello 貓玩偶。

「沒什麼，我要招聘員工，而你是被選中的鬼，你簽了這份工作合約就放你走。」毛名掏出早已準備好的合約，遞給牠。

拘魂鬼一聽，滿頭黑線。

「道長，您這不叫招聘，而是逼良為奴。」

「你願意的話就不算逼。」毛名理直氣壯地說。「更何況這份合約又不是賣身契，我會給薪水，而且還包吃包住。」

拘魂鬼氣笑了，再也顧不上客氣，指著條款嘲諷道：「你這份合約寫明是薪水是按出場費算的，跟賣身契有什麼分別？」

拘魂鬼是靈界的賞金獵人，牠們將狩獵到的亡魂帶到地府，不僅能得到賞賜，有時還能私吞亡魂家屬燒的供品。

所以牠根本不愁吃喝，犯不著當個被壓榨的社畜。

「I'm gonna make you an offer you can't refuse.」毛名狡黠一笑，打了一聲響指。「魏明珠，落閘放貓！」

魏明珠拉開背包，一道黑影一躍而起，正是黑貓。

拘魂鬼頓時頭皮發麻，暗叫大事不妙了，開始尋找著逃跑路線。

牠自然能看得出此黑貓非彼黑貓。

黑貓一見到拘魂鬼，瞬間弓起了背，全身炸毛，哈氣怒吼著。而毛名則放出了食氣鬼，懶洋洋地說道：「你敢逃的話，我們還是有辦法追上你，你是瞞不過食氣鬼的鼻子。」

拘魂鬼既然是靈界的賞金獵人，那自然就要跟陰差搶飯碗。閻羅王只看業績，根本不顧手下的工作被搶，而且祂自命公平公正，對誰都是論功行賞，並不會優待下屬。

因此陰差一直都視拘魂鬼為世仇，一旦發現牠們的蹤跡便會召集人馬進行圍毆，然後再強制押送牠們投胎。

拘魂鬼見狀，自知這次在劫難逃，但仍然不死心想垂死掙扎，便說道：「要不，我和你簽兼職合約？平日裡沒工作的話你就讓我幹些外快，放心，你有需要時我絕對隨傳隨到！」

出乎牠意料，毛名很爽快便答應了。

「好！那你看看這一份合約，沒問題的話就簽了吧！」

毛名很快遞出另一份合約，拘魂鬼愣了愣，隨即明白過來。

這小子從一開始就計算好的！

但事到如今，拘魂鬼已經不能反悔，只好簽下了自己的名字和生辰八字，從此成為毛名的兼職員工。

黑貓還在哈著氣，張牙舞爪的想要撲過去，卻被毛名一把扯住了後頸。

「喂！牠已經成為了我的員工，打狗也要看主人，你敢揍牠我就一個禮拜不給罐罐！」毛名威脅道。

黑貓喵喵大叫起來。

「你拿我當工具人，現在用完即棄還要威脅我？小心我告你虐畜！」

萬小莉溫柔地抱起黑貓，安撫的說道：「別理這傢伙，回去我給你開奢華海鮮罐罐，再加肉泥放題，好不好？」

看在美食和美女的份上，黑貓勉強被順毛了不再吵鬧，只是時不時發出不悅的咕嚕聲。

「好，那你即日上班吧！幫我找出這三個死者的亡魂。」毛名把三名受害者的照片以及名字遞給牠看。

沒錯，他們三人費了老半天，就是想借拘魂鬼的能力找到那三個受害者魂魄。

「那我的報酬是多少？」

「我會按地府公價算給你，以我所知，抓三個亡魂的價錢是三千億冥鈔。」

這個價錢拘魂鬼覺得尚可接受，便接過目標對象的資料，準備開始工作。

誰知毛名他們等了老半天，卻見拘魂鬼站在原地，一動不動。

萬小莉看不見鬼，不清楚目前狀況，便問道：「現在怎麼了？」

拘魂鬼臉露窘態，儘管這份工作非牠自願，但牠萬萬想不到自己第一次工作就在老闆面前翻車了。

「如果我說有一股力量封印了那幾個女生的魂魄，所以我無法定位牠們，你會不會覺得我是在找藉口扮工？」拘魂鬼問。

「一股力量？是鎖魂咒嗎？」

任何非正統道家的玄學秘術都會被視為旁門左道，因此旁門左道可是五花八門，而毛名剛好知道有一種邪術名為鎖魂咒，能封住鬼魂行動，讓牠們無法尋仇。

「不是鎖魂咒，而是雙宿咒。」拘魂鬼說。

毛名沒聽說過這種咒術，便轉頭問萬小莉。萬小莉一聽，驚呼道：「居然是雙宿咒？」

「那是什麼？」

「所謂的雙宿咒，就是施法讓人的靈魂與自己強行綁定，算是一種偏門的愛情降頭。可是雙宿咒無法讓對方愛上自己，只能讓對方被自己所困，算是蠻不實用的愛情降頭。」

毛名愣住了。

只聽說過殺人兇手怕冤魂找自己尋仇，可沒聽說過有兇手主動讓冤魂留在自己身邊的，這不是作死嗎？！

第二十三章 那一天會紅的殺人狂・二

「人為什麼會害怕冤魂？除了因為人類總會恐懼未知的事物，還有因為人會害怕負面情緒，就算自己不認識街上路人，卻會介意對方投來的目光是善意還是惡意。有些人為免自己遭受惡意，乾脆希望自己得不到任何關注。」

有一個人在幽暗的房間裡，對著鏡頭侃侃而談。

「追根究底，沒有人會不喜歡自己受到關注，即使是一人。誰都希望自己活著是有價值的，會留下些什麼，說過的話會有人記得，做過的事會有人談論。分別在於大部份人都害怕負面的關注，只想要被人愛戴，被人稱讚，而不想要被人憎恨，被人唾棄。」

「但我不怕。」

「愛的反面是漠不關心，這句話真是至理名言。會害怕惡意和憎恨的人，沒資格得到愛。」

那人仰起頭，望向幾乎和黑漆漆的天花板融為一體的三個黑影，雖然看不見牠們的表情實在可惜，但還是能感受著三道落在自己身上的目光，讓皮膚起了一陣雞皮疙瘩。

那人滿意地笑了。

這三個女人在死之前，眼珠都瞪得快掉出來，目眥欲裂地盯著自己，到最後還死不瞑目。她們的眼瞳到斷氣那一刻都裝滿著自己的身形，完全容不下別的事物，滿心滿眼都是自己。

還真是名副其實的「死」心塌地。

那人輕笑一笑，被自己語帶雙關的幽默逗笑了。

「所謂黑紅也是紅，那黑粉也是粉，不是嗎？不過……三個粉絲太少了，是時候找第四個……」

那人剛說完，便感覺到手機一陣顫抖。

是魏明珠以毛名的名義，發來了請吃飯的邀約訊息。

張友裕收到魏明珠以毛名的名義發來的邀約訊息時，猶豫了許久，仍然拿不定主意是否應邀。

毛名對他來說畢竟是個只有一面之緣的陌生人，防人之心不可無，但他也下不定主意拒絕。

張友裕二十多年來的人生都不信世界上真的有鬼神，直到自己遇上了才不得不信。

他有想過臨急抱佛腳，拜一下神看能不能驅魔，可是滿天神佛，他對此又一竅不通，根本無從入手。

上次他向毛名訴說起自己遇到的靈異事件，而毛名都一一跟他說明那是什麼鬼，說得頭頭是道。

張友裕就這樣被唬住了。

這時，張友弘剛好回到家，一見到他就開口說道：「哥，記得上次在尖沙咀便利店認識的神棍嗎？好像是叫毛什麼的？總之，他約我今晚吃飯。」

「他也有約我……你會去嗎？」

張友弘大咧咧地說：「當然去呀！管他說的是真是假，有免費晚餐為什麼不去？而且他說紅蘋果也答應會去。」

紅蘋果是洪蘋蘋作為Youtuber的名字，上次張友弘在便利店一見就認出她來了。半年前他無意中發現了她的頻道，便立即訂閱了，也有花錢在Patreon當她的會員。

張友裕臉色古怪地瞥了他弟弟一眼，想不到他居然喜歡那種港女類型。

張友弘並不在意毛名，也不在意他說過的話，什麼靈異殺人案的他都沒放在心上。他之所以答應出席，完全是醉翁之意不在酒。

原本還猶豫不決的張友裕，眼見弟弟會去，也就跟著應邀了。

至於洪蘋蘋，她二話不說就答應了。

毛名的計劃很簡單，那就是讓鬼上身。

既然搞不清楚這三個目標人物在案件中扮演什麼角色，那就派鬼去監視他們吧。

如果有哪個是兇手，就報警讓警察去查。

如果是有哪個是受害人，就可以及時保護他們。

魏明珠在廚房裡忙了半天，做出一桌的餸菜，分別是清蒸大閘蟹、炒芥菜、冬瓜蜆肉粉絲煲、燒鴨味噌燜茄子、蒜蓉焗魷魚、絲瓜蠔仔湯。

全都是寒性食物。

要讓鬼上身，就需要精氣神變弱，因此毛名才會約這三個目標人物來吃飯。

除此之外，毛名還讓萬小莉把潘少衡叫來。

見識過絕緣體質的強大之處後，毛名便想試試看讓潘少衡充當人肉無效化結界。既然知道兇手可能是同道中人，那就不能不防。

不過他忘記了潘少衡除了有強勁體質之外，其他的都不怎麼好使，包括沒有眼力見這點。

當他擅自帶著 Yuki 出現時，自然收穫了毛名和萬小莉的眼刀。

Yuki 就只是個高靈感的普通人，因此他們沒打算讓她捲進這件事情裡。

幸好那三個目標人物還未到，萬小莉正苦惱著如何委婉地請 Yuki 離開時，Yuki 已微笑著主動開口：「我只是送這傢伙過來，既然現在送到了，那我走啦，拜拜！」

Yuki 向來聰慧敏感，她一看到毛名和萬小莉的表情，就明白自己並不受歡迎。

「等等！」

萬小莉心頭一顫，身體動得比腦袋快，等到她反應過來時已經拉住了 Yuki 的手。

Yuki 停住腳步，回頭望向她，萬小莉突然覺得自己像是偶像劇裡的渣男。

自從那條影片被瘋傳後，萬小莉就開始有意無意避開 Yuki，就像兩人初識時 Yuki 叫自己遠離她一樣，現在萬小莉總算身同感受。

可是如此一來，她們這段時間的關係明顯疏遠了不少。

要是就這樣讓她走了……

「要不就留下來吃飯吧，多個人多雙筷罷了！」萬小莉說。

Yuki 是她在學校裡唯一能稱得上朋友的人，尤其最近的她更是深有體會。

「如果我留下來會麻煩到你的話，就不用勉強。」Yuki 認真地說：「但如果我留下來是能幫得上忙的話，就跟我說。」

被朋友們排擠在外，Yuki 難免有些不舒服，但她分得清事情輕重，從萬小莉的反應看來，Yuki 猜他們不是單純約吃飯，而是有別的目的。

她既沒有戰鬥力，又沒有防禦力，最好還是不要當豬隊友。

她這麼一說，萬小莉就更愧疚了，費盡唇舌都要說服她留下。反正有毛名他們在，吃完飯後自己也會送她回家，不會有什麼危險的。

從頭到尾狀況外的潘少衝這時才反應過來，搔著頭問：「我是不是做錯了什麼？」

毛名扯著他的衣領，將他一把按在餐桌前，兇狠地威脅道：「等一下會有三個人來，你給我坐位子上不許離開！要一直盯著那三個人不許移開視線，連眨眼也要盡量忍著，不然就逐你出師門！」

「咦？那要是人有三急呢？」

毛名皮笑肉不笑地回答：「我不介意讓你穿尿片。」

潘少衡想像一下那畫面，驚得頭皮發麻，連忙找魏明珠求救。

「師父！師伯太不講道理了，你不會真的逐我出師門的！對不對？」

魏明珠脫下圍裙，淡然一笑。

「你為什麼覺得我不會？」

這時，萬小莉總算說服 Yuki 留下，兩個女孩一見到潘少衡，都不約而同地白了他一眼。

潘少衡欲哭無淚。

經過潘少衡正式成為團欺的插曲後，三位目標人物也相繼來到了，客廳頓時變得擠擁，大家幾乎是手臂貼著手臂的圍坐在圓形餐桌旁邊。

一群根本不熟絡的人同枱吃飯，氣氛自然不怎麼熱鬧，大家都是有一搭沒一搭地聊一些不著邊際的話。

眼見飯餸已吃了一半，洪蘋蘋有點急了，她可不是單純為了吃飯聊天而來的。

「對了，大家應該都有關注雨夜屠夫 2.0 吧？我記得大師你上次也有問過我們。」洪蘋蘋狀似不經意地開啟話題。

所謂「雨夜屠夫2.0」是香港討論區上的神探給的稱呼，皆因有網民發現近日疑似連環殺人案的手法，和八十年代的雨夜屠夫案極為相似。

同樣都是下雨天犯案，同樣都是挑擦邊行業的女性下手，同樣都是肢解，同樣都是棄屍於火炭山坡和大坑道，就連死者頭顱被雨水沖至城門河這一點也離奇地吻合。

目前坊間普遍認為是模仿犯作案。

洪蘋蘋一拋出這個話題，氣氛頓時變得活躍起來。

潘少衝沒少看偵探小說，立即發表高見：「正所謂把葉子藏起來的最佳地方就是森林，會不會其實兇手是為了隱藏真正目的而假裝連環殺人？」

Yuki也加入討論。

「說是模仿犯，可是根據報導所說，受害人單純被肢解了，並沒有缺少哪個身體部位，說明兇手不似雨夜屠夫一般會私藏受害者的器官。」

「受害人身上並沒有性侵痕跡，身上的財物連同屍體被棄置了，並沒有丟失，也說明兇手並非為了劫色或劫財。」萬小莉說，這兩天她一直關注著這案子。

「所以兇手殺人單純是為了致敬雨夜屠夫？！會有人為了這麼無聊的原因而鋌而走險殺人嗎？」

潘少衝覺得難以置信。

「很難說，世界上有人會因為想吃人而殺人，例如佐川一政。也有人因為戀屍而盜墓殺人，例如艾德蓋恩。人的慾望是千奇百怪的，會把殺人狂視為偶像並模仿也不出奇。」張友弘說。

眾人都對這件事表了一些意見，就只有毛名、魏明珠和張友裕沒有參與。不過這始究是個沉重的話題，眾人討論一陣子後便打算聊別的，誰知毛名卻在這個時候開口。

「我昨晚試圖招魂，看能不能招來那三個受害者，可是失敗了，因為她們雙宿咒封印著。」

洪蘋蘋一聽，頓時來了興趣。

「雙宿咒是什麼來的？」

萬小莉把昨晚對毛名說過的話又解釋了一遍，與此同時，毛名則不動聲色地觀察著三個目標人物。

張友弘的表情不變，並沒有因為毛名的話而掀起半點波瀾。

張友裕的腦袋低垂，專注地吃著飯，似乎沒有聽見他的話。

只有洪蘋蘋一臉興致勃勃地提出疑問。

「那雙宿咒和冥婚有什麼分別？」

「雙宿咒的對象不限於死人，對活人也可以施法。」

洪蘋蘋一邊聽著，一邊時不時撥弄著胸前蝴蝶結上的別針，偶爾在座位上扭動著身體，對這個話題興奮得有點異常。

但不管如何，這三人都沒有流露出疑似是兇手的破綻。

這頓飯就這樣相安無事的渡過了，而毛名也成功派出三隻腹鬼上身。

腹鬼是靈異界的寄生蟲，不像其他鬼一般能靠嚇唬人類來吸取精氣，只能藏在人類的腹中，對人類沒有害，頂多會讓人鬧肚子，所以當臥底就再適合不過。

一切都如計劃進行著。

可是毛名他不知道，洪蘋蘋蝴蝶結上的別針，其實是針孔攝錄機來的。

第二十四章
那一天會紅的殺人狂・四

洪蘋蘋終於如願以償，迎來了第一條爆紅影片。

那晚在毛名家吃飯時的聊天過程，被她剪接過後放上Youtube，起初沒什麼人關注，直到有人把影片放上討論區。

腦魔∞世：有冇巴打覺得片入面條學生妹好熟口面？

牆鑲屍首：係元朗聖米高中嘅校服！IP都唔洗Check！

腦魔∞世：係咪即係同空氣打交個白卡女？校服一向左走向右走樣wor！

慘過去印度：肯肯定喺！

只攻與防：哦，原來係佢，食過。

老芬急轉彎：講開熟口面熟，係咪淨係我覺得白卡女隔離條仔好似邊度見過？

魂．初[illegible]germ：巴打驗下眼

老芬急轉彎：搵到料，原來係拒載嘅DC9，FB「審判DC9大聯盟」有片！

腦魔8世：DC9同白卡女係咩關係？有冇巴打知內幕？

周瑜自宮緊：DC9哀十一，警已報

用戶名稱無法顯示：等陣，冇人覺得DC9好可疑咩？一班人喺度討論案情，淨係得佢唔出聲？

林名幀老公：雨夜屠夫係DC9，佢又係DC9，有冇咁啱呀

腦魔8世：明顯心虛喇

慘過去印度：案已破！07記者唔洗唔該

短短一天，這條原本只有一千多觀看數的影片，突然就破了十萬。不少人都覺得既然雨夜屠夫2.0作為模仿犯，說不定連職業都會模仿。

隨著輿論發酵，張友裕的個人訊息便進一步被深挖起底。

例如他網絡上的帳戶，例如他曾經被判入壁屋監獄的過去。

張友裕在Threads出post除了偶爾分享生活瑣碎事外，幹得最多就是罵西客，像是罵客人在車上剪指甲，或是家長任由自家孩子一直踢椅背等等。

而18歲那年，他因為在學校毆打同學導致對方眼角膜受損，最終被判監禁16個月。

這一切隨著被人起底後，全都成為了大眾眼中的罪證。

沒有人會關心他罵客人是否有道理，也沒有人關心他因何事毆打同學。大眾只看得見他

有案底、平日裡怨氣大愛公審客人，加上張友裕在影片中默不作聲的形象，更是符合大眾對變態殺人狂的印象。

這兩天天空雖然烏雲密佈，卻始終沒有下雨。

張友裕還是照常上班，網上的輿論似乎沒有對他做成什麼影響，只是讓他在出門前會戴上帽子和口罩。

父母都不懂得上網，對於網絡上鋪天蓋地的指控毫不知情。只有弟弟會關心他，對他說「我相信你」。

而張友裕只是微微一笑。

他靜靜地走在街上，周遭人來人往，有形形色色的人與他擦身而過。在街燈的昏黃光圈籠罩下，所有人的臉都蒙上一層柔光與陰影。

在光與暗之間，屬於眼睛的位置只剩下兩個黑洞。

被網民群起攻之是什麼體驗？

張友裕感受最深的，除了謾罵的字眼之外，就是數字。

那條影片已經有七十萬次觀看。

最先在討論區說他有可疑的留言有三千多個讚。

幾天前公審他拒戴的 post 有過萬條留言。

香港有七百萬人，那就有七百萬雙眼睛。

目前那條影片只有七十萬次觀看，說不定再過幾天，七百萬雙眼睛都看了。

在這個人口密集的城市裡，不管走到哪都會見到人，也就會見到眼睛。

那個阿姨好像是在盯著他。

那個阿伯好像瞥了他一眼。

那個小女孩好像在指向他。

周遭一道又一道的視線，如同夏日悶熱的空氣一般，躲不掉趕不走，卻悄悄地滲入衣裳，濕漉漉的黏膩在肌膚上。

正所謂眼睛是靈魂之窗，那此刻他身邊的一雙雙眼睛，就是一個個帶著惡意的靈體，正目露兇光，虎視眈眈地，用黑洞般的眼睛凝視著他。

這幅景象，宛如百鬼夜行。

這時，張友裕接到一個意想不到的電話。

對方沒有自報姓名，但他一聽就知道對方是誰。

「我現在要包車，出一千元。」洪蘋蘋說，完全不浪費時間拐彎抹角。

張友裕沉默良久，久到洪蘋蘋以為他把手機丟掉了，才開口問。

「你怎會有我的電話？」

「你弟弟給我的。」

「……你要去哪？」

「去遊車河，隨便去哪都行，直到花完一千元。」

「……」

「怎樣？這單生意你接不接？」

「天黑才來遊車河？」

「要你管！你接還是不接？」

「……地址在哪？」

另一邊廂，魏明珠和潘少衝這對師徒正站在警署面前。

「萊納——不對，師父！要動手嗎？現在？在這裡？」潘少衝問，臉上難得露出忐忑不安的神色。

他為了撞鬼可以天不怕地不怕，但唯獨怕警察。

魏明珠只是輕飄飄地說了一句：「你想被逐出師門嗎？」

潘少衝乖乖閉上嘴。

不知道是因為雨停了兩天，還是兇手怕自己被人盯上，總之這陣子除了網上掀起一波輿論風暴之外，案件遲遲沒有進展，毛名派出去的三隻腹鬼亦沒有任何消息。

這讓一向沒耐性的他開始焦急起來。

案件一天不調查出結果，黑貓就不會再派新的任務。毛名之所以免費做任務可不是為了幫人，而是想要找到師父失蹤的魂魄，希望哪天能遇上和師父有關的靈異事件。

眼見毛名在苦惱案件調查停滯不前時，魏明珠便提出建議。

「要不，潛入警署看看他們的調查進度？說不定警方已經鎖定了兇手。」

「你說得輕鬆，問題是如何潛入？警署有關公神像，警察本身也自帶煞氣，我的員工肯定是頂不住的，而妖怪公公婆婆們也不一定願意幹這種苦差。」

「用我的寵物。」

「就算是你的寵物，也沒辦法在關二哥眼皮底下做什麼吧？」

魏明珠露出微笑，篤定地說：「放心，潘少衝會有辦法。」

🔥🔥🔥

潘少衝提著一袋水果，和魏明珠一起顫顫巍巍地來到警署，表明想要找鄺sir。裡面的警員認出了他，便笑著跟他打招呼。

「小潘你這次又幹了什麼蠢事？」

潘少衝漲紅了臉，小聲咕嚕道：「才沒有，我只是來送水果給鄺sir。」

警員見不是什麼名貴水果，便放心收下了。

「行了，我會幫你轉交的。」

潘少衡一聽便急了，抓住水果袋子緊緊不放。

「我！我有事要找鄺 sir！我要親自給他！」

魏明珠在一旁沒有說話，只是眨動著他清澈空靈的桃花眼，配上他雌雄莫辨的精緻臉孔，一副苦苦哀求的表情，完全勝過千言萬語。

最終警員還是帶著他們兩個去見鄺 sir 了。

鄺 sir 是個五十歲的老警察，一見到潘少衡就沒好氣地說：「你來幹嗎？還嫌自己出入警局的次數不夠多嗎？」

還不等潘少衡回答，他的視線便移向他身旁的魏明珠。

「這位小姐是……？」

魏明珠眼睛眼睛骨骼一轉，挽起潘少衡的手臂，笑意盈盈地說道：「我是他女朋友。」

鄺 sir 和潘少衡都不約而同差點被自己的口水嗆到。

「師——是的！」潘少衡被魏明珠猛地捏住手臂，及時將脫口而出的話改口。

「你？女朋友？」鄺 sir 心中五味雜陳。

這個漂亮得不像話的小姐看起來應該二十歲出頭，這小子居然越級打怪追比自己大的姐姐？而且他身邊不是經常跟著個叫 Yuki 的巨乳學生妹的嗎？原來她不是他女朋友？

可惡！這小子憑什麼？

「那、那個，我來是想——對了！就是想告訴鄺 sir 你我現在有女朋友啦！」

「哈？要放閃光彈就死遠點！別在警署裡放！」

潘少衡人生中第一次急中生智，說道：「我是想說我現在談戀愛了，會洗心革面的，以後不會再給你添麻煩！」

鄺 sir 一愣，半晌後表情柔和了許多，感慨地說道：「你能想通自然最後，不要讓女朋友擔心你。」

鄺 sir 在幾年前已經認識潘少衡，第一次見面是因為有人報案說有人夜闖私人禁地，而那個人就是潘少衡。後來斷斷續續見過不少次，都是因為潘少衡闖出各種禍，像是想偷進停屍間，或是闖進鬼屋之類。

比起其他經常出入警署的問題少年，潘少衡的問題其實都不算嚴重，他不抽煙喝酒，不打架吸毒，不混黑社會，就只是很愛靈探。

鄺 sir 看得出來，這孩子本性不壞，能因此改過這怪癖也是一件好事。

「水果我收下了，以後別再讓我見到你。」鄺 sir 說道。

「我會的！那個——我想借一下洗手間！」

「好，我帶你去。」

「不用了，我認得路。」

潘少衡出入警署多次，因此沒費多少功夫便順利地溜進供奉著關公神像的雜差房。

根據師父所說，關公神像分為文武兩種，文關公不持刀，多拿著一本《春秋》，會保佑學業、事業、官運。而武關公則手持關刀，能避邪、擋煞氣、鎮宅、招正財。由此可見，關刀對神像至關重要。

加上現在的警察大多寧願相信一哥也不相信關二哥，關公的力量也因此大減，只要把關刀遮住了，就能擋一擋關二哥的威力。

潘少衡抽出兩張濕紙巾，望著關公威風兇狠的臉，心裡多少有點毛毛的。

自己這樣做會不會遭天譴？

不過師父說過自己的無效化體質是不分鬼神都能免疫的，所以肯定沒事。

他快速地用濕紙巾包裹住神像手持的關刀，就算事後有人發現了，大概只會以為是有人幫神像清潔後，粗心大意留下的。

做完這一切後，他便發送了訊息給魏明珠。

魏明珠一感覺到褲袋裡的手機顫動，便知道徒弟已經完成任務。

他笑瞇瞇地掏出一對手銬，把鄺 sir 嚇了一跳，但等他定睛一看，便發現只是廉價的塑膠玩具手銬。

只見他把手銬「啪」的一聲扣在自己纖細白皙的手腕上，神情自若，彷彿只是帶上了一條手鐲。

鄺 sir 吞了一下口水，不敢過問別人的私事，只是在心裡暗暗吐糟，姓潘那小子玩得真刺激。

而他看不到的是，在手銬「啪」的一聲扣上時，一個穿制服的男鬼憑空出現。牠頭戴制服帽子，看不清面容，周身冒著如地獄烈火一般的黑色火焰，手腕處被扣著巨大的手銬，沉重得讓牠挺不直背脊。

這是惡孽鬼，算是熾烈鬼的進化，是由生前犯下重罪的人化成的。而魏明珠所養的這隻惡孽鬼，生前犯下過搶劫殺人……以及殺警的罪孽。

而且牠熟悉警署，所以讓牠來調查就再適合不過。

「去吧。」魏明珠嘴唇微動，輕聲細語地說。

惡孽鬼的火團一下子如星火燎原般，蔓延至警署裡每一台電腦，在魏明珠眼中，警署陷入了一片黑色火海，蛇舌般的火焰吞噬了所有。

這一切只發生在電光石火之間。

下一秒，火海已消失不見，取而代之的是一聲接一聲的驚呼聲。

「咦？我電腦當機了？」

「我的也是！」

「怎麼大家都集體壞機？」

「不對，現在又恢復了！」

「我的也是！」

儘管所有電腦已回復正常，但仍舊引起了哄動。

此時，鄺 sir 瞥見了魏明珠的臉，心中莫名一寒。

那張美麗的臉上，不知何事多了一道血紅色的傷痕，正緩緩地流淌著鮮血，那抹猩紅映襯著雪白的肌膚，顯得觸目驚心。

四目相對，魏明珠臉上的笑容不變，雙眼沒有半點溫度。

從此，鄺 sir 就沒有放下過對魏明珠的懷疑。

待魏明珠和潘少衡離開警署時，天空又再次下起雨來，而且是風雨交加那種。

兩人都沒有帶雨傘，只能在警署門外有瓦遮頭的地方躲雨。魏明珠思考片刻，決定先撥打電話回家，把在警署裡的發現告訴毛名，然後再打給萬小莉。

可是不管他撥打多少次，萬小莉的手機都沒有人接聽。

這讓魏明珠心裡有一絲不祥的預感。

他試著打給Yuki，同樣都是無人接聽。

此時，一道陰影忽然靠近了他。

魏明珠抬起頭，映入眼簾的是一張久違了的臉龐。

OLICE

面前的人撐著雨傘，鼻樑上戴著一副墨鏡，臉上貼滿了各種圖案款式的膠布。儘管如此，魏明珠仍舊一眼認出這張和自己有幾分相似的臉。

是自己失聯多年的堂哥，魏明玉。

「嗨，好久不見。」魏明玉笑道。

第二十五章
那一天會紅的殺人狂・五

才不過五點左右，城市在烏雲密佈下，提前迎來黑幕降臨。街上的行人被暴雨殺得措手不及，即使撐著雨傘卻依然會被淋濕半邊身子。

突如其來的雨水並沒有沖淡悶熱的天氣，反面加重了空氣中的潮濕感，到處都是水窪。洪蘋蘋坐在副駕位置上望向窗外，莫名地想起小時候的情景。

小時候每當下雨天父母帶自己出門時，他們永遠都不會牽著她，而是任由她邁著短小的雙腿，跟緊在父母身邊，並確保自己置身於雨傘之下。

但不管她再努力，雨傘邊緣急流而下的雨水仍舊會把她弄濕。

後來，她便懶得躲雨了，而且還會特地往水窪裡踩，讓飛濺的污水弄濕父母雙腿，引來他們的怒罵。

父母認定了她是個貪玩的頑皮孩子，但只有她知道自己可不是為了好玩而激怒父母。

洪蘋蘋把視線移向前方，望向前方的擋風玻璃，無論雨刷多麼努力，從車裡望出去的景象仍然被一道一道的水痕扭曲。在彎彎曲曲的水痕中，隱約能看見張友裕的倒影。車內沒有開燈，就只能靠窗外途經的街燈，或是飛馳而過的車燈照明。

在這忽明忽滅的燈光中，張友裕的臉也跟著明暗不定。

洪蘋蘋能聽見咪錶偶爾發出的嘞嘞聲，雨刮的發發聲，車子引擎的嗡嗡聲，但就是沒有人說話的聲音。

洪蘋蘋心裡也說不準自己到底是興奮，還是害怕。

她又不傻，看得出對方正把的士開往人煙稀少的郊外。

甚至她都能幻想出自己被殺後屍體被肢解的畫面，也幻想過自己要是被殺死，媒體會如何大肆報導自己。

還有，家裡那幾個人又會是怎樣的表情。

真可惜自己到時候便看不到了。

洪蘋蘋心裡一遍又一遍地想著，右手不自覺抓住了胸前的蝴蝶結。

等到的士停下來時，他們已來到一處杳無人煙的郊區，四周就只有淹沒在雨幕中的黑色叢林，除了還亮著的車頭燈外沒有半點光亮。

待張友裕熄了匙，洪蘋蘋的視線便徹底陷入了黑暗，伸手不見五指。

她的感官彷彿只剩下聽覺。

擊打在窗戶上的雨聲劈裡啪啦的響著，吵雜得很，卻掩蓋不住男人的呼吸聲。

半晌，對方總算開口了，用低沉的男聲問道：「你的攝影機能拍夜景嗎？」

洪蘋蘋聽見自己回答：「不、不能，不過，有、有錄音。」

她的聲音聽起來像是在哆嗦著。

不對，她是真的在哆嗦發抖。

「是嗎？」

她聽到對方用冷淡的語氣回了一句，接著，她只覺得頭皮一痛，然後是「砰」的一聲。

那是什麼聲音？

她腦袋一陣暈眩，還未想明白，便又再聽到一聲「砰」。

好痛！

對了，是她的頭撞上車窗的聲音……

然後是悶悶的「咚」聲，她的肚子傳來劇痛感，痛得她想彎下腰，卻被安全帶牢牢束縛在座位上。

在這黑暗窄小的空間裡，她無處可逃。

砰——砰——砰——砰——砰——砰——砰——

咚——咚——咚——咚——咚——咚——咚——

不知過了多久，如窗外雨點般落在自己身上的毆打總算停止了。洪蘋蘋淚流滿面，身體痛得失去知覺，已分不清到底哪裡被打過了。

她無力地癱軟在座椅上，只靠安全帶支撐著身體。

眼睛適應了黑暗後，她勉強能看得見眼前事物的形狀輪廓，例如張友裕的臉。

他用手撐在副駕儲物格上，整個人籠罩在她上方，居高臨下，雙眸隱匿在眼窩做成的陰影下，似乎在凝視著她。

洪蘋蘋發現自己止不住地抽泣。

她想要記起自己的覺悟，自己的決心。從小到大她為了得到關注，不是早已捱過不少打罵嗎？她一直以來是如何樂此不疲地激怒父母的？

她到底是抱著什麼想法聯絡張友裕的？

她發現自己已經記不清了。

張友裕望著眼前狼狽不堪的少女，她頭髮衣著凌亂，額頭流著血，渾身顫抖，雙目通紅，泣不成聲。

他的身體像洩了氣的汽球一般，頹然地坐回座位上，抽出一根煙，搖下車窗後點燃。

「你要報警嗎？」他聽到自己冷靜地問。

第一下攻擊完全是出於情緒失控，但到了第二下就已經變成了發洩心中的戾氣，打到最後，他甚至有過殺人滅口的念頭。

但隨即一股倦意席捲而來，阻止了他。

他忽然覺得這一切都是狗屁，打完人，殺完人，這要命的生活還是要持續。

他還是要在那七百萬雙眼皮底下過日子。

張友裕沒有在毆打人之中尋找到任何樂趣，要是自己為了一件沒有樂趣的事而殺人，事後還要背負殺人後的種種後果，那真是得不償失。

因此他停手了。

「不要。」

毛毛的水花透過半開的車窗落在他的臉上，冰冰冷冷的，涼徹心扉。

待他已經抽完第二根煙，他才聽到洪蘋蘋的回答。

「也對，報警的話你拍到的影片就要交上去當成證物，那就不能放上頻道搏流量了。」

張友裕把煙丟出窗外，搖上車窗，嘲諷地說道。

這不像平日的他會說出口的話，但管他的，平日的他不會被網暴，也不會打人。

「……我不會放上網。」

張友裕一愣。

「……你不是兇手……」洪蘋蘋小心翼翼地說。

從確定她確定張友裕不會殺她那一刻，洪蘋蘋就明白他是無辜的。

但不代表她不怕他。

「抱歉，害你被網暴。」洪蘋蘋說道，語氣甚至稱得上是在討好。

張友裕莫名覺得有些好笑，洪蘋蘋此刻可憐兮兮的模樣，與他記憶中兇巴巴的港女形象實在大相逕庭。

「我毆打了你，大家扯平了吧……不對，我雖然被網暴，但終究沒有受到實際傷害，而且你也不是故意的。」張友裕嘆了一口氣，轉頭望著洪蘋蘋。「對不起，打傷了你。」

聞言，洪蘋蘋的嘴角一勾，卻牽動到臉上的傷，頓時痛得眼淚直流。

正當張友裕在車子裡手足無措地翻找著紙巾，一個黑影猛地「啪」的一聲緊貼著車窗。

轟隆——

一道電閃雷鳴劃破天際，在閃電下，一張人臉駭然出現。

張友裕和洪蘋蘋都被嚇得驚叫出聲。

「叫、叫什麼叫？把車開、到荒山野嶺、幹嗎？找死我了！」毛名穿著雨衣，喘著氣說。

他從腹鬼傳來的消息得知張友裕有古怪，便立即趕來。可是解靈店只能接通商鋪，像這種荒蕪的地方根本去不了。

洪蘋蘋有心想要幫張友裕解釋，便搖下車窗，說道：「不是他，他不是兇手，他只是……呃……有點激動。」

毛名翻了一下白眼。

他當然看得出來張友裕不是兇手。

剛才魏明珠打電話回家，講述了潛入調查所得的資訊。

第一名死者是個私影模特兒，在兩星期前被不明人士相約在郊外進行拍攝，當日便失去聯絡。

兇手是使用公共電腦，和受害人見面的地點也是在沒有閉路電視的地方，明顯是經過精心策劃。

而讓警方陷入困局的是，之後的兩起命案都有著常理無法解釋的事。

第二和第三受害人在生前閉路電視拍攝到的最後一幕，都是被陌生的女人牽著手帶走的。

而這些女人，都是沒有下半身的。

第二名受害者是被一個女人帶走。

第三名受害者是被兩個女人帶走。

就好像是死去的亡魂來找下一位受害人。

這讓警察犯起難了，難道只有第一宗命案是人為的，其餘兩宗都是鬼找替身？！那他們總不能拘捕鬼吧？

而這個資訊到了毛名手裡，他另有一番看法。那三個女死者的亡魂大概率是被逼成為幫兇，迷惑受害者送羊入口。

說明兇手不僅不怕鬼，還有能力控制鬼。

還有更重要的一點，是閉路電視並沒有拍攝到可疑人士接近受害者，這推翻了毛名的認知。

先前幾次見面，毛名都沒有從三個任務目標身上看見過亡魂，可是換個角度想，雙宿咒只是用來將鬼困住，但不等於一定要困在自己身邊，兇手大可以跟受害者保持一定的距離，然後讓鬼去迷惑她。

可能是困在某個物件，或某個空間。

假如這三個任務目標當中存在著兇手，那誰更有可能？

正當毛名苦苦思索時，碰巧接到腹鬼的消息。

在聽完洪蘋蘋講述剛才發生的事情，毛名已基本可以排除這兩人的嫌疑。

不過他還是面色不善地瞪著張友裕，罵道：「還愣住幹嗎？還不快點開車去醫院？沒看到她傷成什麼樣嗎？」

張友裕像便錯事的小孩，連連點頭答應，慌忙地發動車子。

「毛名大師，你也上車吧，我送你回去市區。」張友裕說。

「你想遇上塞車？還是車子故障？」毛名問。

「呃……你這是什麼意思？」

「如果讓我上車的話，說不定你兩件事都會遇上。」毛名說：「別囉嗦了，快點去醫院！」

張友裕聽得一頭霧水，但也只能照做，開車調頭準備離開。

車子引擎聲響起時，毛名閃過一個念頭。

他記得自己研究過雨夜屠夫的資料，據說雨夜屠夫很崇拜開膛手傑克，認為對方一定和自己一樣同為司機——在那個年代的話，即是馬車伕——才能在城市穿梭而不被懷疑。

可是現代符合這個點的不是只有的士司機。外賣仔也可以。

他用自己最快的速度，「碰」的一聲趴上後尾箱，嚇得張友裕趕急剎車。

「怎麼了？你沒事吧？」張友裕顧不得下著大雨，正要下車查看，卻被趴在車窗外的毛名再次嚇到。

「你是從什麼時候開始頻繁撞鬼的？」

張友裕一愣，仔細回想了一下，回答道：「大概一兩星期前吧，這陣子我晚晚惡夢連連，然後就開始看到些飄來飄去的東西了。」

「你在自己家裡也看得到？」

「是有見過一次，有三個女鬼飄浮在天花板，後來我弟弟求來了一道符，貼在門口之後就再也沒有在見過了。」

「……你弟弟，是跟你同房睡的嗎？」

「對，從學生時期就已經共用房間。」

毛名心中了然。

人的磁場是會受到環境影響，和鬼接觸得太多的話，時運變低了，自然便會容易撞鬼。

洪蘋蘋在一旁聽著，冷不防地開口。

「我其實說謊了，我最近有遇到鬼。雖然沒有親眼看見，但發生過幾次晚上在空無一人的街上，卻看見地上有四個影子。」

張友裕恍然大悟地說：「難怪，我第一次見到你時，你和三個女人一起擠在後座，當時我還覺得奇怪。」

毛名對洪蘋蘋怒目相向。

「你當時為什麼不說？！害我費了那麼多時間調查！」

洪蘋蘋先是瞥了張友裕一眼，然後小聲地說：「我怕你不是神棍，萬一把鬼驅除了，那我就沒辦法拍片……」

「那你又為什麼現在才說？」

「因為兩天前，我發現那三隻鬼沒有再跟著我。」

兩天前？不就是他約三個目標人物吃飯那天嗎？

一道耀眼的閃光把大地照得通亮，隨即雷聲轟鳴，「轟隆」的一聲，像是敲響了他心中的警鈴，頓時警鈴大作。

該不會……兇手在吃飯那天，改變了自己的目標？

就在此時，萬小莉在一片廢墟之中睜開了眼睛。

第二十六章 那一天會紅的殺人狂・六

萬小莉睜開眼睛，發現自己正倒臥在地上，周遭漆黑一團，黑燈瞎火的。她感覺旁邊有一人與自己緊緊相依，憑著對方身上淡淡的香水味，萬小莉認出是Yuki。

「Yuki？」

Yuki……？

Yuki……

Yu……

ki……

在四周一片死寂之中，她的話激起了回音，如同漣漪一般。萬小莉搖晃了Yuki幾下，卻感覺到她身體始終軟綿綿的，不過呼吸平穩，大概還在昏睡中。

到底發生什麼事？

萬小莉嘗試整理一下記憶，腦海中最後的片段是和 Yuki 一起放學並前往輕鐵站，然後……好像是半路中途遇到了什麼……

萬小莉皺起眉，試圖回想細節，但那段的記憶就如同手中細砂一般，越想抓住越從指縫中溜走。

算了，當務之急，是儘快離開這裡。

她把手伸進裙袋，想召喚出妖怪，可指尖觸摸得的只有布料。

萬小莉大驚失色，整個人開始慌亂起來。她急忙站起身，雙手飛快地在身上摸索。

可是一無所獲，書包、手機、他媽哥池通通都不見了！

沒有高靈體質的她，此刻莫名感受到入骨的寒意，總覺得四周陰風陣陣，黑暗中好像有什麼在潛伏著，正蠢蠢欲動。

萬小莉雙手一翻，變出紅線，嚴陣戒備

「吱！」

身後傳來的聲響把萬小莉嚇得心臟直跳，她回頭一看，即使雙眼已適應了黑暗，卻只能隱約看見地上的人影在動。

萬小莉鬆了口氣，問道：「學姊，你醒了嗎？」

回應她的，仍舊是一聲「吱」。

這種聲響，像是單車鍊條轉動磨擦所發出的。

總之不像是人類的聲音。

萬小莉一驚，右手一揚，想用紅線將對方牢牢地捆綁住。

可是面前的人影並沒有被她束縛住。

萬小荊眼睜睜看著那人影搖搖晃晃地站了起來，心中一寒，如墮冰窖。

難道紅線失效了？怎麼會？！

紅線並非實物，在此刻伸手不見五指的狀態下，她無法憑觸感來確認手上是否有紅線。沒有他媽哥池，沒有紅線……萬小荊從未如此深刻感受到手無寸鐵的無助感。

慌張之際，那人影猛地撲向她，萬小荊一驚，抬腿一踢，不料那人影似乎不受影響，反手抓住了她的腳踝，還不等萬小荊反應過來，一股濕意爬上小腿，這種觸感……是濕漉漉的頭髮！

萬小荊抓住那人影的手想要掙脫，卻發現那道身影早已不成人形，無數髮絲群起而攻，順著萬小荊的長腿爬滿她全身。她雙手拚命拉扯那些頭髮，無奈寡不敵眾，雙拳難敵數之不盡的髮絲。

感覺到自己快要被包裹成木乃衣，萬小荊奮力作出最後掙扎，想拚盡所有靈力施咒，卻陡然發現身體裡竟沒有半點靈力！這怎麼可能？她的身體並沒有靈力耗盡的疲乏感，沒道理會失去靈力的！

在她失神之際，如觸手般的髮絲已纏繞住她的口鼻，逼使她努力張嘴呼吸。霎時間，成群的髮絲湧入口中，讓她吃了滿嘴的濕髮，有些甚至於往她喉嚨深處延伸，一股嘔吐感直衝喉頭，萬小荊噁心得被激出生理淚水，嗚咽著搖頭掙扎。

倏地，嘴巴裡的口感變了，不再是成團的濕淋淋頭髮，而是——紙團？！

紙團雖不好吃，但相比頭髮已經好多了，萬小荊試著用舌頭想要把紙團頂出去，忽然整個人一陣天旋地轉。待暈眩感散去後，她發現自己不知何時正跪在地上，雙手和膝蓋都是火辣辣的疼痛，應該是被玻璃碎之類的尖銳之物扎入皮肉中。

周遭仍舊是黑漆漆的，但不同的是左右兩邊各有一排透著微光的窗戶，屋外傳來呼嘯的狂風暴雨聲，還有滴滴答答的水滴聲。她感覺到有人正在身旁一手環抱著她，另一手正……把手指插進她嘴巴中？！

她發出了嗚嗚聲，正想要掙脫，那人已立即抽出手指。

嘴巴一得到自由，萬小莉便趕緊吐出口中的紙團。

「抱歉，你醒了？」Yuki 解釋道：「我們都暈過去了，不過我比你早清醒，可能就是Uncle給我的平安符所導致的。我剛才拿平安符貼著你，但沒效果，便突發奇想讓你吃掉……就像跟喝符水一樣。」

萬小莉認出了 Yuki 的氣味和聲音。

這次應該是真貨了……吧？

「現在是什麼情況？」

Yuki 來不及開口，就被一把愉悅輕快的男聲搶先回答：「是被我抓了的情況喔。」

與此同時，一道強光在窗外閃過，伴隨震耳欲聾的轟隆聲，瞬間照亮了屋內景象。映入眼中的是一片滿目瘡痍的課室，有一個男人正站在黑板前方，身旁有一架單車。

電光轉眼即逝，視線再度陷入黑暗。

「你是誰？」萬小莉問。

「哎呀，真傷心，小美女居然不記得我。」

窗外又一道電閃雷鳴，那男人的臉再次被照亮，萬小莉也總算認出了他，是穿著雨衣的張友弘。

「你想怎樣？」萬小莉一邊問，一邊暗中調動自己的靈力，發現體內靈力充沛後，才稍稍放下心來。

張友弘覺得好笑，說道：「還能怎樣？別裝了，你們不是懷疑我、我哥跟紅蘋果之中有人是兇手嗎？不然約我們吃飯幹嗎？現在怎會猜不到就是我？」

對方說話期間，萬小莉不動聲色地將手伸進裙袋，可是這次卻真如剛才的夢一般，只摸得到布料。大概是在夢境中已經歷一遍，萬小莉並沒有驚慌失措，就只是苦笑一下。

「為什麼挑上我們？我們應該不太符合你之前下手的目標。」萬小莉說。

張友裕肚子裡藏著的腹鬼應該會跟毛名報訊，她沒把握在失去妖怪們的狀況下獨自應戰，更何況她還要保護Yuki，於是只能盡量拖延時間。

「你說得對，我本來是看上了紅蘋果的，不過那天吃飯時我改變主意。一來是因為你們長得賞心悅目，要留在身邊的話，自然是長得越好看越好。二來嘛……」

是因為那天他察覺到洪蘋蘋跟他是同一類人，大概是有種惺惺相惜的感覺？所以莫名地想放過她。

這句話張友弘不打算說出來。

「萬小莉。」Yuki將嘴巴貼在萬小莉耳邊小聲說道：「我們被包圍住，在我們的左右跟前方都有一股讓我很難受的力量，而且應該很強，因為就跟我在康美花園時，從魏明珠養的鬼身上所感受到的相差無幾。」

萬小莉心中一沉。

魏明珠所擁有的鬼可都不是好惹的，要是有三隻相同級數的鬼包圍住她們，那根本毫無勝算！

「咦？看來有不速之客呢。」

這時，張友弘忽然望向屋外，喃喃自語。

「你跟我出去，而你們就負責處理這兩個女孩，記得不要太快就把人殺了，不然死後怨念會不夠的。做得好的話，她們的下半身就獎勵你們。」

萬小莉只見張友弘對著空氣指指點點了一番，然後就頭也不回走出屋外。

在他推開門的瞬間，她瞧見外面是一個籃球場，在雨簾中，依稀見到有一個黑衣青年在場中央，不是毛名還能是誰？

萬小莉心中燃起了希望，她一咬牙，對Yuki說：「毛名在外面！我來拖住牠們，學姊你——」

「咦？用妖怪來對付牠們不就行了嗎？」

「我沒了他媽哥池！」

Yuki恍然大悟，隨即抓住了萬小莉的手，雙目有神，堅定地說：「那我更要留下來當你的雷達！」

萬小莉一愣，接著咧嘴一笑。

「好！」

話音剛落，Yuki便驚呼一聲：「小心後面！」

萬小荊眼神一凝，雙手一翻變出紅線，轉身迎擊！

「嗨！我就知道你會來，畢竟藏了個 gps 在我肚子裡。」張友弘對毛名說道。

此處是某個元朗荒廢已久的村校，四周人煙罕至，雜草叢生，此刻周遭的樹木被暴風吹得東倒西歪，葉子和垃圾如天女散花般空中亂舞。

大雨鋪天蓋地的落下，擊打在身上，冷得毛名四肢發麻，可他仍舊堅挺著背，不顯露半點軟弱，直視著雨中的張友弘。

以及他身旁的單車。

「她們在哪裡？」

張友弘一笑，說道：「等你活下來我再告訴你。」

下一秒，那架單車上出現了一個無頭無腳的女鬼。不對，牠並非真的無頭，而是頭顱飄浮在半空！

頭顱滿臉皮肉外翻的傷痕，已面目全非，正張著血盆大口。

張友弘好整以暇的雙手抱胸，在一旁看著。而單車的腳踏開始緩緩轉動著，頭顱也慢慢地飄近，和毛名之間的距離漸漸縮短。

毛名抽出了雨傘，全身繃緊，嚴陣以待。

雙方僵持了半晌，直到一道閃光，一聲震耳的「轟隆」，如同敲響了戰鼓，頭顱猛地直衝向毛名腦袋！

毛名用紅色雨傘擋住頭顱，大喊道：「熾燃鬼！出來！還有拘魂鬼！快——」

話還未說完，單車已衝至面前，將毛名撞翻在地。

眼見車輪就要往毛名身上輾壓，一道鐵鏈捆住了單車，與此同時火光湧現！

「嘩！痛死我了！別誤傷隊友呀！」拘魂鬼被波及燙到，痛得嘩嘩大叫。

「熾燃鬼的攻擊是無差別的！你自己小心！單車上的鬼交給你們對付！」毛名丟下這段話給牠們，便爬起來又抽出碎花雨傘。

「長鬼！出來！生死關頭別跟我討價還價！回頭再跟你算！現在給我抓住那個穿雨衣的男人！」

巨大的身影應聲而出，巍然聳立的身影在一片電閃雷鳴之中，如同傳說中的巨神兵一般。

這次的長鬼沒再廢話，粗如樹幹般的枯手從天而降，眼看就要抓住毫無防備的張友弘——

頭顱忽地調轉方向，衝上去一口咬在長鬼的巨手上，巨手瞬間消失了一大塊！

「老闆！老闆！人家痛痛！牠居然吃人家的手手！」

長鬼揮動著手，掀起一陣又一陣的強風，像是要拍打惱人的蚊子。無奈那小小的頭顱也真如蚊子一般見縫插針，在長鬼身邊靈活穿梭，時不時偷襲一口。

毛名了解長鬼嬌滴滴的個性，牠被頭顱纏上後就無法再戰鬥，幸好牠體積足夠大，一時三刻吃不掉多少，便讓牠暫時牽制著頭顱。

而另一邊廂的拘魂鬼正配合著熾燃鬼，從不同角度以鐵鍊牽制單車的行動，再由熾燃鬼攻擊。熾燃鬼的孽火雖能傷鬼，但攻擊力度有限，只能暫時拖住單車上的女鬼。

毛名的員工之中，具有攻擊能力的鬼就僅僅幾隻，若此刻放牠們出來不只幫不上忙，說不定還會被吃掉，那還不如靠自己。他感覺自己又病了，不僅頭昏腦脹，四肢無力，還渾身發熱。

但他還是一步一步來到張友弘面前。

來到這個從頭到尾都一副饒有興味的鬼模樣，觀賞著一切的殺人犯面前。

「你有想過你哥知道這一切時會怎樣嗎？」毛名說。

張友弘聳聳肩。

「會傷心難過吧？不過又如何？他有他的人生，我有我的人生。」

毛名皺起眉。

他其實沒有興趣跟殺人犯閒話家常，但他深知以自己現在虛弱的身體，就算耗盡靈力也只能發出一擊，因此他想趁對方鬆懈時一擊即中！

「你為什麼要做出這種事？」

張友弘「噗哧」一笑，道：「你該不會以為我有什麼悲慘童年，有過什麼被霸凌經歷吧？」

「我猜你沒有，畢竟你哥就蠻正常的。」

嘛……其實把洪蘋蘋打得如此傷也不太正常，毛名在心裡暗道。

「的確。」張友弘點點頭。「我哥是個正常人，可是呀……正常人是幹不了大事的，那些名留青史，或是遺臭萬年的名人全都非正常人，不是嗎？」

「你——該不會就只是為了出名而殺人？！」

「你可以這樣理解。」

「出名的方法多的是，用得著殺人？！」

「其實呀，我也不完全是為了出名，我想要的是關注，我想要所有人的關注。這並沒有什麼好奇怪吧？既然會有完全不想任何人關注自己的社恐，也就會有我這種想任何人都關注自己的人呀！」

「即使這種關注是負面的？」

「對呀，有什麼關係？一個明星再出名，也會有人不屑一顧的說『而我不知道他是誰』，相反對於惡名昭彰的人，卻不會有人這樣說的，不是嗎？」

「既然你只是想出名，那為什麼要專門挑選某一類型的女受害者？」

「可別誤會，我對任何性別以及職業都一視同仁，不存在歧視。不過嘛……就像新手 Youtuber 剛開始拍片會模仿前輩，甚至蹭前輩熱度一樣，既然我要當殺人狂，那當然是挑香港史上最有名的來模仿啦！大前輩專門找風塵女子，我也只好照做。」

「你不是想要遺臭萬年嗎？這樣抄襲別人一點原創性也沒有，那可不行耶。」

「我又不是要當 content creator，我只想要所有人的關注。」

「那你怎麼不去旺角裸奔？」

「人類對死亡的恐懼，還有對於別人挑戰道德的厭惡，可比恥笑一個白卡裸奔強烈而且耐久得多。」張友弘咧嘴一笑，望著已經站在他面前，雙手在褲袋裡悄悄凝聚著靈力的毛名。

「跟我瞎扯了那麼多，你準備好攻擊了？」他笑道。

恰在此時，萬小莉和 Yuki 陷入了苦戰。

「萬小莉！左邊！」

紅光劃過一道彎月般的弧度，萬小莉以花繩幻化出漁叉，根據 Yuki 的指示換著角度攻擊。

可是因為看不見敵人，根本無從得知攻擊是否有效，只能大範圍地進攻。

黑暗中，一道浪撲面而來，萬小莉知道她們又陷入了幻境，連忙和 Yuki 抱成一團，雙手捏訣解除。

幾番交手後，她們已經發現這隻鬼能變出的幻境有限，每次都是跟水以及黑暗有關，萬小莉猜牠只能幻化出死亡前的景象。

儘管萬小莉能解除幻境，可時不時出現的幻境不僅消耗著她們的體力和精神力，也不斷打亂萬小莉的攻擊節奏。

才剛從水中幻境脫離，一張桌子便襲至面前，逼使萬小莉連氣都來不及喘，便要在地上一滾躲開攻擊。

萬小莉的靈感低，因此遭受到的是物理傷害，偏偏在這廢校裡最不缺的就是雜物，各種破爛椅子桌子亂天飛，爭先恐後地砸向她。

即使萬小莉從小練武，對於源源不絕的死物攻擊，她雖然躲過絕大部份，卻仍舊被桌椅猛撞了好幾下，身體各處都疼痛不已，四肢上更是插滿玻璃細碎。

至於Yuki承受的更多是精神攻擊，她顧不上衛生問題，抓起地上被萬小莉吐出來的紙團塞入口中，才勉強抵受得了頭痛和幻覺，吃力地分辨出兩隻鬼魂的位置，給萬小莉指明方向。

「萬小莉上面！」

只見牆壁上的黑板陡然升起，萬小莉大驚，忙拉著Yuki試圖突圍逃出門口，卻撞上一道無形牆壁。

眼見黑板在兩人上方急墮而下，她們無處可逃——

毛名被張友弘壓在地上，肚子被膝蓋用力頂著，害他一陣反胃作嘔，偏偏喉嚨被張友弘掐死，完全喘不過氣。

單車上的鬼一直處於下風，誰料在張友弘把毛名壓在地上時，形勢竟突變！只聽到單車上的鬼雙手「喀」的一聲，居然脫離了身軀！分裂出來的雙手分別抓住了拘魂的的鐵鍊，阻止牠去救毛名。

不僅如此，只見牠的肚皮忽然裂開一道長長的開口，內臟從開口蜂擁而出，而且內臟上竟會張著血盆大口，口中佈滿尖牙！

虧毛名對鬼魂頗為研究，也沒見這狀態如此獵奇的鬼！

拘魂鬼一見到五臟六腑滿天飛的情景，果斷地轉身逃跑，牠只是個兼職員工，這隻鬼中了雙宿咒自己又帶不走，犯不著為此而拚命。

剩下長鬼和熾燃鬼，前者被蚊子耍得團團轉，後者不具備主動攻擊的能力，失去拘魂鬼的牽引，孽火就無法做成傷害。

勝負已分。

毛名半邊身泡在雨水中，漲紅著臉，人生第一次感受到死亡降臨。他的四肢即使被張友弘壓制著，仍止不住地開始抽搐；即使雨水滴落在他眼膜上，也已經無法合上。

他嘴巴無力地張開，吐著舌頭，已分不清大腦是因缺氧而昏昏沉沉，還是高燒燒壞了腦袋。

「毛名，謝謝你。」張友弘突然開口，聲音和眼神都是極度真誠。「即使你是別有居心，但我還是想謝謝你願意聽完我的想法，你是第一個這樣做的人。」

毛名在半昏半醒之際聽到他的話，心裡很想翻他白眼，可是大腦已經無法對身體發出任何指令。

他仰著頭，望著雨簾中的夜空，望著閃光劃破黑幕，視線越發散渙……

可惜，到最後還是找不到師父……

電光閃爍之間，他彷彿看見了師父。

一如他生前般清雋俊美，長髮在空中飛揚，優雅得如同貴公子一般。可是這張俊臉此刻卻戴著一突兀的嘴罩，脖子上也套著項圈，完全破壞了他身上的儒雅之氣。

毛名心中不禁昇起一絲惱意，自己臨死前看到的走馬燈居然是師父被當成狗？！

他看著師父伴隨雷鳴閃電出現，手一揮，如巨蟒般的電光洶湧而出，毛名眼前白光閃爍不斷，隱約聽見霹靂啪嘞的電流聲，聽見轟隆的雷鳴聲，以及張友弘的痛呼聲……

可是這一切都離他越來越遠，越來越聽不清。

在村校門口，魏明玉和魏明珠並肩站著。

魏明玉撐著雨傘，悠閒自得地舔著雪糕，而魏明珠站在傘的另一邊，臉色難得地陰晴不定。

兩人靜靜地聽著村校裡傳出的各種聲音，直至一切結束，只剩下啪嗒啪嗒的雨聲。

第二十七章
那一天會紅的殺人狂・尾聲

張友弘被捕了。

對此毛名心情複雜。

對於一個渴望出名的殺人犯，讓他被拘捕，被披露出個人訊息，被傳媒廣泛報導，又算不算正中他下懷？

可是不讓他被捕，受害者家屬就不會得知真相，案件就始終是懸案。

在魏明珠把他抱進屋內，摟在懷裡將靈力灌入他體內，硬是將奄奄一息的他從鬼門關搶救回來後，他便思考著這問題。

「……魏明珠」毛名虛弱地開口說道。「去報警。」

這是他最終的選擇。

「好。」魏明珠立即照辦。

萬小莉和 Yuki 也被魏明珠救了出來，她們雖然傷痕累累，而且昏迷不醒，但性命安全無虞。

張友弘身上有著多處燒傷痕跡，神志卻是清醒的，也沒有半點逃跑的意思。

毛名見他一聽到報警便眼神一亮，忍不住嘲諷道：「真可惜，就算你出名了，進了監獄就什麼都看不到。」

「我用不著看到，我知道就行了，知道自己將會史上留名。」張友弘愉悅地說著，對毛名眨眨眼。「這種事我早就有所覺悟了。」

張友弘被扣上手銬，在記者相機的閃光燈中，被警察推擠著走上警車。

張友弘終於迎來他的紅地氈，他的頭條新聞，他的成名作發佈。在這個本應激動的時刻，他卻發現自己比料想中冷靜。

沒有達成夢想的狂喜，有的只是平靜的安心感。

香港有七百萬人，那就有七百萬雙眼睛。

有七百萬人將會知道，他是一個怎樣的人，他的故事會被人反覆談論，會被網紅當成流量話題，會被無數網民發文談論，甚至可能被拍成電影。

他會受到前所未有的關注。

張友弘睜著眼睛，完全捨不得眨眼。

周遭一道又一道的視線，如同綿綿細雨一般，帶著清新的氣息，打濕了衣裳，沖走了黏膩的汗水，洗滌了他心靈。

正所謂眼睛是靈魂之窗，那此刻他身邊的一雙雙眼睛如此專注地看著自己，和他們眼神相交之際，就像是靈魂交流。

他看到滿滿的，濃濃的，只為了他而產生的情緒。

這幅景象，宛如粉絲見面會。

張友裕的嫌疑算是被洗清了，但又沒有洗清。

作為殺人犯的親哥哥，好像沒有比作為殺人犯好多少。

他身上所有可疑之處，在弟弟被捕後全部變成知情不報的證據，他的標籤從「殺人犯」變成「共犯」。

張友裕覺得自己已經麻木了。

他的精力全都花在應付傳媒，以及安撫父母情緒上，實在無暇顧及網上對自己的討論。

他甚至沒有精力思考弟弟的事。

到了這一刻，張友裕才發現自己根本從未了解過弟弟。不論是毛名講述的他與弟弟的對話，還是傳媒以及網民挖掘出關於他弟弟的過去，張友裕都覺得很陌生。

他一直以為自己才是家裡的壞孩子，而弟弟是聽話懂事的那個。但很明顯，他們口中的弟弟才是真實的，畢竟弟弟犯下如此滔天大罪，並直認不諱。

那……他記憶中的弟弟到底是誰？

弟弟在他被人冤枉時所說的那句「我相信你」……又算什麼？

在事件過去接近兩個月，洪蘋蘋才找到張友裕。

這段時間裡她其實一直有嘗試聯絡張友裕，卻都被他無視掉。但洪蘋蘋不是一個會輕易放棄的人，她鍥而不捨地打電話或傳訊息，也不介意對方一直掛斷或已讀不回，還經常 call 的士。

反正對方遲遲沒有封鎖她，不是嗎？

等到張友裕總算係接聽電話，她開口的第一句話是：「我沒有把你供出去喔？我對警察說我在深山被人打劫，因為誓死不從，所以才會被打，而你是經過救了我的好心司機。」

張友裕沒好氣地說：「你覺得我是弱智？警察找過我，我當然知道。」

「你自己也說過，是你比較對不起我，我們沒有扯平。」

「……你想說什麼？」

「我覺得你應該報恩，而我現在給你一個機會，我想找一個搭檔。」

「……小姐，我是殺人犯家屬。」

「所以呢？上次那條影片爆紅之後，我打算專心向著這個方向發展，加上我發現自己靈感原來蠻強的，你既看得見鬼，又是殺人犯哥哥，跟奇案調查真的很適合。」

「你腦袋到底裝什麼的？」

「裝腦漿，所以你到底答不答應？」

「你……不怕我？」

「怕！」洪蘋蘋乾脆承認。「但我更想跟你在一起，成為搭檔，成為網紅！」

電話的另一頭陷入了沉默，良久後才傳來聲音。

「我不是好人。」

「我知道，我也是。」洪蘋蘋輕聲地說道。

被張友弘拿走的他媽哥池很不幸地成為了警方證明。

就算潘少衝去找鄺 sir 求情，找萬父動用關係，卻始終拿不回來。

最後萬小荊跪著求溫沙爺爺，請牠出山，在警署裡製造了一場混亂，才成功掉包了那些他媽哥池。

不過那是另一個故事。

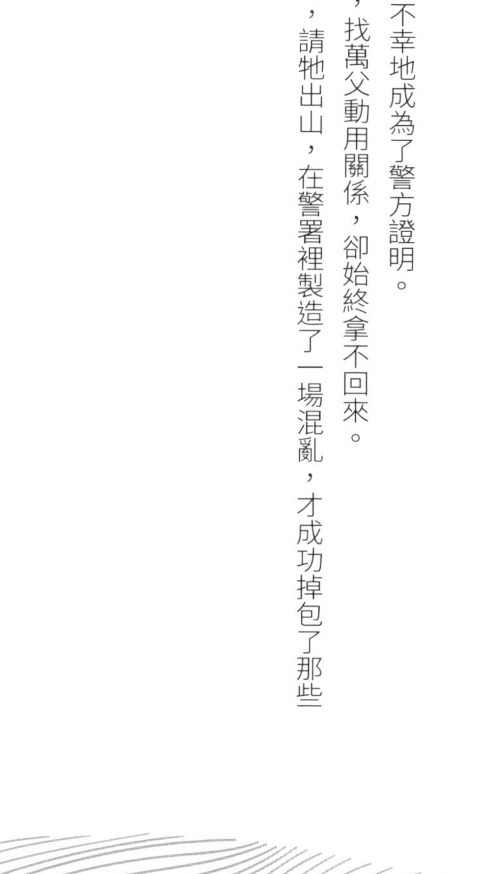

那些妖怪公公婆婆們餓了好些天，一重見天日便大吵大鬧，說萬小荊虐老。

當然，有些妖怪例如落頭婆婆還是很明白事理的，無奈大部份妖怪都是脾氣壞不好惹的麻煩精。

萬小荊重傷未癒就要處理這種煩心的事，一連數日山珍海味的侍候這些老人家，卻始終得不到體諒。

最終，還是溫沙爺爺出馬。

「你們這些小妖一個二個嬌生慣養！餓幾天有什麼大不了的？」

只見牠用妖魔等級的妖力暴力鎮壓，用壓倒性的力量逼使妖怪們一個個向萬小荊道歉，事情才算圓滿結束。

萬小荊在那場大戰中受了不少傷，除了無數道被玻璃碎扎出來的細碎傷口，還有各種擦傷瘀傷。

Yuki的皮肉傷不算多，多虧她不怕髒吞下那道保命符，才始終保持主神智清醒，不過在回家後還是大病一場。

至於毛名，他受的傷不多，但因為高燒以及大腦險些嚴重缺氧，在鬼門關前走了一趟，在床上躺著足足一個多月才恢復元氣。

但隨此之外，這次事件還有一件事沒有解決。

那就是三個受害者的鬼魂。

雙宿咒一旦施咒成功，除非施咒者死亡，否則靈魂就不能投胎。不過倒是有方法可以讓靈魂脫離困局，至少不用被綁在施咒身邊，那就是找到綁定之物，做法事去除連結，並且燒毀。

幸好毛名當初在警察來到前，已經叫魏明珠把張友弘的單車——亦即是綁定之物——藏好，才沒有像萬小荊的他媽馬池一樣成為證物。

待毛名能下床後，萬小荊苦苦哀求父親，總算讓萬父答應幫他們做法事，條件是萬小荊下課後不準再去毛名家，也不準他們再有來往。

作為一個父親，他情願女兒回家幫一隻畜牲打工，也不願她再次躺在醫院病床上。

萬小荊一口答應了，至於遵不遵守嘛……

法事結束後，三人合力將作為綁定之物的單車拆卸了，升起了篝火，一件一件地燒毀。

在炎炎夏日中圍著篝火可不是一件好受的事，三人從早燒到晚，從頂著烈日當空，到夜幕降臨，身上的汗流過不停，渾身濕得像是淋完大雨。

儘管如此難受，可是三人沒有一句抱怨，只是默默地凝視著火光跳躍，聽著火焰燃燒的劈啪聲。

終於，在半夜時，他們完成了整個儀式。

被解放的三隻女鬼飄浮在他們面對，牠們身上的傷處各有不同，其中以無頭女鬼最為嚴重。

牠正是第一個女死者，想來張友弘為了確保她死後能變成怨靈，對她施盡了各種手段。

「你們之中有誰沒有吃過鬼魂？」毛名問。

她們三個的鬼魂都失去了下半身，大概率就是被她們自己互相吃掉的。

鬼吃鬼，除了能增加力量，還有能稍微恢復人樣。

人死後失去肉身，就不會再以生前的面貌呈現，有些鬼在改變容貌後，會相應地得到一些能力，例如食氣鬼鼻孔大得幾乎佔據半張臉，但卻有敏感味覺。但也有些鬼例如臭毛鬼或熾燃鬼，得到能力的同時，自己也要承受著痛苦。

所以有些鬼無論如何都想要恢復人樣。

但鬼吃鬼是大忌，比殺人的罪孽更重，因為魂魄一旦被完全吃掉，也就等同於灰飛煙滅，魂飛魄散，這個人的存在將永遠消失。

其中一個長髮女鬼戰戰兢兢地舉起手，她是第三個受害者。

「你想成為我的員工嗎？包吃包住宿，薪水按出場工作計算。」毛名說。

「我、我捨不得男朋友，如果他放下我，找到新戀情了，我再走……」長髮女鬼說。

可牠的表情擺明不希望對方能放下。

「你自己想清楚吧，可別妄想會發生什麼人鬼情未了。」毛名嘴巴雖是如此告誡，卻沒打算阻止牠離開，儘管他覺得這女鬼很可能會因愛生恨。

只能看牠自己造化了。

「至於你們兩個吃過鬼的……」毛名皺起眉，吃過鬼的鬼魂起碼都是A級來的，而他一向只聘請C級或以下的小鬼，拘魂鬼除外。

要他收下兩個A級的，他怕自己駕馭不了會遭反噬。

「我，我想回家。我放心不下我爸爸媽媽，想陪他們直到百年歸老。」第二名受害者主動舉手說。

牠之所以吃鬼，除了是被張友裕逼著殺人後，想著一不做二不休外，也是因為想恢復人樣見父母。

「我可以幫你回家，但你自己好自為之，要是再敢害人害鬼，我會收伏你之餘，還會把所有事告訴你父母。你不想他們知道真相的，對吧？」

第二名受害者急忙點頭。

解決了兩隻鬼，就只剩下無頭女鬼。

「那你……」毛名苦惱地望著牠。

直到現在牠都不曾說過半句話，也沒有半點反應。

「要不，我來養牠？」魏明珠提議。

毛名瞪了他一眼，就算他靈力比較多，也經不起養一堆吸血鬼寵物好嗎？

「算了。」毛名嘆了一口氣。「我暫時收留你，之後再作打算。」

在回程路上，毛名終於把自己糾結已久的話說出口。

「那天……我快死的時候，我見到師父。」

萬小莉頓時停下腳步。

而魏明珠則往前踏出半步才停住，回頭時神色如常。

「你見到哥哥？所以那天是哥哥救了我們？」

萬小莉對於當時危急之際的記憶有些模糊，她記得自己和 Yuki 被困住了，眼見黑板就要砸下來時，耳邊聽到霹靂啪嘞的電流聲，眼前白光閃爍，但自己卻感覺不到電擊的痛感。然後她就失去意識了。

「我當時因為快死了，以為見到走馬燈。但……既然我跟你都是莫名其妙獲救了，那我看到的想必是真正的師父，是師父救了我們。」

毛名說完後，接下來的話卻開始吞吞吐吐。

萬小莉心中略感酸澀，明明是自己的哥哥，毛名卻總是能跟哥哥更加親近。見到毛名猶豫不決的模樣，不禁有些許脾氣。

「你到底想說什麼？」

毛名嘆了一口氣。

「我想說的是，我當時之所以以為是走馬燈，就是因為師父的模樣完全沒有變化。」

萬小莉僵住了。

他們自然知道這代表了什麼。

萬一帆已死去一年，若要一直維持容貌，那該吃掉多少鬼？

這時，一直默不作聲的魏明珠總算開口。

「就算師父吃鬼了，那又如何？」魏明珠淡然地說著，空靈的眼睛在夜裡看起來異常明亮。「不管吃了多少鬼，他都是我們的師父。我們又不是什麼正道人士，為什麼要管正道的規條？」

毛名和萬小荊沒有回答。

他們三人一起長大，三人互相了解，互相理解……本該如此。

在這一晚，三人心中的天秤傾向各不相同。

奇靈・怪異・左道士

上

完

後記

《奇靈・怪異・左道士》的起源來自我和男朋友討論某一部動漫作品時，男朋友說的一句話。

「鬼很難有屬性之分。」

就是因為這句話，激發起我創作這個故事，想寫出一個有屬性之分的港版靈異寵物小精靈故事。

所謂靈異寵物小精靈，那不就是養鬼仔嗎？既然是養鬼仔，以傳統觀念來說必然不是「正派」的行為，所以就有了主角們是一群旁門左道的想法。

因為是旁門左道，所以除了主角們的術法不傳統之外，他們處理事情的做法也不傳統。我希望能寫出每個故事的結尾都並非完美落幕，能留下一些餘韻，一些思考空間，而並非單純地解決事件。

很感謝格子出版社的肥佬，謝謝你幫我出書。

謝謝 FCP 幫我畫圖，真不好意思升降機那段劇情嚇到你了。

謝謝男朋友 Sunny 一直陪我討論劇情，沒有他的話我是不可能完成這本書的。

謝謝那個曾經在海濱花園海旁和我一起聊寫作的朋友，即使事過境遷，我還是想感謝她。

也要謝謝看到現在的你，希望這本書裡的五個故事能帶給你久久不能忘懷餘韻。

書中鬼怪參考：

《中國志異全書：中國百鬼錄》何欣

《搜神記》干寶

文字有格

旁門左道系列 - 1

奇靈 • 怪異 • 左道士

作　　者	|	新宿車里
插　　畫	|	馮展鵬
美術協力	|	六榊 | Ar LONE
設　　計	|	格子製作組
責任編輯	|	Sunny | 肥佬
校　　對	|	Walter @ 童創文化 Jeremy @ 童創文化
出　　版	|	格子有限公司 [info@quire-online.com] 香港荔枝角青山道 505 號通源工業大廈 7 樓 B 室 Quire Limited Unit B, 7/F, Tong Yuen Factory Building, No.505 Castle Peak Road, Lai Chi Kok, Kowloon, Hong Kong
印　　刷	|	新藝域印刷製作有限公司 香港柴灣吉勝街 45 號勝景工業大廈 4 樓 A 室
版　　次	|	2025 年 7 月香港第一版第一次印刷
國際書號	|	ISBN 978-988-70533-1-6
定　　價	|	港幣 140 元